目次

illust. Sachiko Ikoma

第一章

1

「ばあちゃん、ただいまー」

タクシー乗務の明け番の朝、帰宅した和子《かずこ》は火の点《つ》いていないセブンスターを口の端にくわえて、祖母の家の玄関を開けた。

引き戸の把手《とって》に手を掛けて横に引くと、ほんのわずかに香《こう》のかおりがする。鼻が慣れるのですぐに何も感じなくなるが、祖母と二人で暮らすこの家は、いつもほんのりと良いかおりに包まれている。

……、……、……。

ポケットの中でスマホが震えて、電話に出ようとしたら切れた。間宮《まみや》からだ。用があるのなら、また掛けてくるだろう。こういうときに掛け直さないと間宮は拗《す》ねるが、和子は自分の彼氏のそういう甘ちゃんなところが、あまり好きではない。

6

子どもっぽい声を出す。

「朝メシ何ー？」

ダルマ時計の、振り子の音だけが聞こえた。

祖母はもう畑に居るらしい。

居間には、蠅帳《はいちょう》をかぶせられた朝食が用意してあった。

鯵《あじ》の塩焼き、胡瓜《きゅうり》とセロリの酢の物、玉子焼き、春菊の胡麻和《ごまあ》え、ズッキーニの糠《ぬか》漬《づ》け、黄桃の缶詰。――夜通し働いているから、祖母が作ってくれる明け番の朝食は、夕食並みのボリュームがある。

「おお、豪華、豪華」

東京から逃げ帰って五年、和子は青森市の東の郊外にあるこの家で、寝起きしている。

両親と暮らすのは、勘弁してほしかったし、両親の方も同様に感じていたようだ。和子は腫物《はれもの》に触るような扱いはされたくなかった。頭ごなしに叱責《しっせき》されるのもまっぴらだ。両親とて腫物なんかに触りたくもなかったろう。反撥《はんぱつ》されるのを承知で、教訓を垂れてみるなんて、そんなエネルギーも浪費したくなかったようだ。

さりとて、世間を炎上させてもどって来た娘を、一人きりにしたくない。

なにしろ、当時の和子はとことんやさぐれていた。ヤケなんか起こして自殺でもされたらコトだ。子どもみたいなグレ方で万引きだのシンナーだの……、いや年相応にアル中だの買い物依存症だの……、ともかく困ったことをされるのは避けねばならない。

そこで、一族きっての賢者である祖母に預けられることになった。

——あれあれ、まあ、災難だじゃ。

祖母は迷惑そうにいったけれど、その実、喜んでいたのは傍目《はため》にもわかった。連れ合いと死に別れて半世紀近くひとり暮らしをしてきた祖母だが、電球を取り替えてもらうとか、換気扇の掃除をさせるとか、街までクルマで送ってもらうとか、家に若い者がいたら便利だべなあと思っていたところだったのだ。

——まあ、しょうがねえなあ。

——えー、やだなあ。

和子も迷惑そうにいったけれど、その実、ホッとしていた。当時、少なからず傷ついて疲弊していた和子は、家族と暮らすのも一人で居るのも、どちらも苦痛だった。故郷に逃げ帰って来てもなお、居ても立ってもいられない心地だったのである。だれにも会わず、寝て、起きる。また、寝て、起きる。

——おめ、そろそろ働げ。

祖母に叱《しか》られ、自動車教習所に通って二種免許をとり、タクシーの乗務員になった。ひとりで呑《の》んでいたときにナンパされて、医者の卵と付き合いだした。

——かずやん、居る？

従姉《いとこ》の薫《かおる》がよく訪ねて来るようになり、子どものころみたいに二人でつるみだした。一族の問題児同士、今も薫とは気がおけない。

——和子、インターネットで氷川《ひかわ》きよしのCDば買ってけろ。

八十八歳の祖母は、今のところ死にそうにもないし、ボケそうにもない。二十七歳の孫娘を、やんちゃ盛りの中学生くらいに扱う。この家にも、居たければ、居るがいい。出て行きたければ、行くがいい。そんな風に、いつもいう。そのスタンスは、和子にとっても、まあ居心地が良いのだ。

——和子、か（ほら）、食《け》（食べろ）。

ちょっと聞いたくらいでは理解できないディープな津軽弁《つがるべん》を話すこと、人使いがあらいこと、元々見えない目に加えて、最近では耳まで遠くなって、それだというのに補聴器を使いたがらないことを除けば、祖母の鯛子《たいこ》はともに暮らすには実に得難い人である。和子の両親伯父叔父伯母叔母従兄弟《いとこ》と従姉妹《いとこ》たちに比べたら、一億倍くらい話がわかるし、目が不自由なので、パソコンを教えろ、教え方が悪い、動かなくなった、変な画面が出たなどと、同居の孫をわずらわせることもない。

一つだけ、問題があるとすれば、鯛子が現役のイタコであることだった。

タイコが、イタコ。

曾祖父母《そうそふぼ》が、一人娘にそんなアナグラムのようなダジャレのような名前を付けたときは、よもやその子が幼いうちに視力を失《な》くしてしまうとは思いもしなかったろう。

鯛子は可愛《かわい》い盛りの年齢で、ひどい高熱により見るという力を失った。

祖母が幼かった当時、盲目の女性の生きる術《すべ》は、生涯身内のお荷物になるか、超常世界との仲介者たるイタコとして自活するか、二つの選択肢よりなかった。そんな時代だったのだ。

生きる方便《たずき》を持たない盲目の子をこの世に残して、やがて親は先に三途《さんず》の川を渡らねばならない。それならば、一生食うに困らないイタコにさせよう。曾祖父母は、そう決断した。

斯《か》くして、鯛子は八歳でイタコの師匠に入門し、それから八十年、オカルト的技術者として生きてきた。この地方の人は今もって、たとえ仏教徒でもクリスチャンでも、困りごとが発生すれば、イタコや拝み屋《カミサマ》を頼りにしている。子どもの発育が悪いとか、親戚《しんせき》と仲たがいしてしまったとか、猫が家出してしまったとか、悩みを抱えて鯛子のところにやってくる。

さりとて、この物語はそうした鯛子の、快刀乱麻を断つ活躍をつづったものではない。

和子と、従姉の薫による、いかにも頼りない探偵譚《たん》である。どちらも妙齢の女性なので、恋くらいはするだろう。そして、物語を進めるエンジンの役を果たすのも、また恋の力ではある。恋は恋だが、イタコの鯛子の住まいから始まるからには、ちょっとした綾《あや》がある。

＊

祖母の家は古い日本家屋だ。

年寄りにはきつかろう高いかまちに上がり、黒光りする廊下を進み、居間のちゃぶ台を覗《のぞ》いて、二階の自室に行く前に、和子はふと座敷を見た。

鯛子が普段、お客の話を聞くために使っている八畳の座敷の、真ん中にある津軽塗のテーブルに、ガラスケースに入った花嫁人形が置かれていた。朝日がガラスケースにあたって、白く反射していた。

丸一日働いた疲労が、一度立ち止まった和子の足を、その場にとどめようとする。

これは、いかんな。リポビタンとか飲まなくちゃな。

そう思ったときだ。

ギシリ。

家鳴《やな》りがした。古い家だから、たまに軋《きし》んで鳴る。

早く着替えて、メシ食って、寝よう。

気合いを入れて足を進めようとしたとき、ガラスケースがひとりでに開いた。テレビの心霊特番などで、不明瞭《ふめいりよう》な映像で流されるポルターガイスト現象のごとくに、である。

でも、それだけなら、あー、びっくりした、で済んだのかもしれない。

床板がくさって部屋が傾いてんじゃないの？　なんて文句をいって、疲労にまぎれて忘れてしまえたかもしれない。

けれど、これは心霊現象であった。

イタコの住まいで息を吹きかえした（というのも、おかしいが）霊魂が、これ見よがしに起こして見せる、ある種の訴えであった。それゆえ、霊魂はまちがえようのないしるしを示した。

キシ、キシ、キシキシキシキシキシ――。

小さな甲高い連続音がして、それは徐々に高くなり、耳鳴りに近い癇《かん》に障《さわ》る音になった瞬間、ぱたりとやむ。

同時に、人形が揺れた。

「げ」

和子は後ずさる。目は、人形へと向けられたままである。

その人形の顔が一瞬、ピカソの絵画のごとくに、ずれた。

「マジ？」

まだ目を離せずにいる和子の前で、花嫁人形は縦に真っ二つに裂けて、左右に倒れた。

和子の口から、火の点いていないセブンスターがぽろりと落ちる。

「ば――っ」

磨きたてられて滑る廊下を、和子は慌てふためいて玄関へと逆もどりした。

「ばあちゃん――やばい――やばいやばいよ――ばあちゃん！」

つっかけに足を通すのもそこそこに、和子は家のうらにある自家用の畑に駆けて行った。あの裂けっぷりは、クリスマスにマックスバリュで売っていたロブスターみたいだったな、なんて頭の隅で思っていた。見慣れないあの人形が、霊障に悩む客の持ち込んだものだとは容易に想像がつく。人形が裂けるほどの異常事態が、今、まさにこの家で起きている。

まさしく、鯛子と居て一つだけ、問題があるとすれば、彼女が現役のイタコであることなのだ。

ほっほほっほほー。ほっほほっほほー。

キジバトが鳴いていた。

初夏の植物たちの息吹《いぶき》が、晴天のもとにあふれている。——家の中では、今まさに心霊活動——霊活が起きているというのに。

「なしたば?」

祖母は割烹着《かっぽうぎ》を着てもんぺをはき、てぬぐいを被《かぶ》ってモロヘイヤを植えつけていた。

2

庭では子どもたちが、どこかの犬と遊んでいる。

和子は縁側に足を投げ出して、煙草《タバコ》をすっている。

薫は八畳間の津軽塗のテーブルにテストの答案用紙を広げて、採点の作業をしている。

　居間では両親伯父叔父伯母叔母従兄弟従姉妹が集《つど》っている。

　今日は祖母・鯛子の米寿の祝いで、県内外から身内一同が集まった。次にこんな機会があるとしたら、ばあさんの葬式だろう。いや、葬式には来ないわよ、うちは遠いんだから。などと、親戚連は遠慮のないことをいっている。

　祖母はとっくに抜け出して、蔵の片付けに行ってしまった。座のイニシアチブをとるのは、長男である伯父で、昨年心臓のバイパス手術をしたときの武勇伝を講談のごとく語っている。

「手術前に浣腸《かんちょう》をするんだけどね、まったく出なかったんだよ。看護師は、出てないような気がしているだけで、本当は出ているもんだっていうんだ。それでも、念のためにもう一回浣腸をしてもらったわけだ。だけど、やっぱり出ない。だったら、看護師のいうとおり、本当は出てたんだろうな、流しちゃったんだろうなって思ったんだ。ところが、いざ手術をしてみたら——死ぬか生きるかの大手術になったんだけどね。だから、なかなか意識がもどらないわけだよ。ようやく目を覚ましてみたら、大便秘。手術前に出したと思っていたのが、やっぱり出てなくて、それがお尻《しり》のところで詰まっちゃって、大変なんだ——」

伯父の手術前後の便秘の話に関して、身内一同はもう耳にタコが幾層もできている。耳のタコが厚くなるのを嫌って、従兄《いとこ》が勤務先の愚痴を話し始めると、従姉が女性一同に旦那《だんな》の悪口を披露した。伯母叔母従姉妹たちは、それぞれの配偶者に対する文句を並べ、従姉の美沙子《みさこ》が唐突に大声を張り上げる。

「昴《すばる》ー！　お寿司《すし》、まだ残っているから食べに来なさい！」

「もう、お腹《なか》いっぱい！」

庭に居る昴が答えると、遊んでいた迷い犬が真似《まね》て「わおおん」と遠吠《とおぼ》えをした。子どもたちも喜んで、さらにその真似をする。犬がますます喜んで、「わおおん、わおおん」と鳴いた。それが狼《おおかみ》みたいに頼もしくて、子どもたちははしゃぎだす。

「それでね、尻のところに詰まっちゃったうんこが――」

居間では、伯父がご馳走《ちそう》を前にして、負けじと声を張り上げる。うんこ話なんか聞きたくない一同は、何とか話をそらそうと躍起になっている。

「和子ちゃんの彼氏、そろそろ結婚のことなんか考えてくれているのかしらね。県立病院に勤めているお医者さまでしょ。うまくいったら、玉の輿《こし》だわね。今度こそ、逃がさずに結婚式を挙げてほしいものね」

「いや、順番からいったら、薫ちゃんの方が先だろう」

「シッ！　兄さん、馬鹿ね！」

「薫ちゃんは……アレだから！」

「シッ！　声が大きい！」

襖《ふすま》は開け放してあるし、身内一同はボルテージが上がって、抑えたつもりの声まで大音量で聞こえる。それを右から左に聞き流して、薫は答案用紙に赤いフェルトペンで大きく「×」を書いた。

「薫、おめの学級さ問題児が居るべ」

急に人の気配がした。

小学生ほど低い背丈の、丸顔の、しわくちゃの、今日のお祝いの主役である鯛子ばあさんが立っていた。

両手には、白くて細長いものを抱えている。

眼鏡を直して、目を凝らし、薫は「んん？」と顔をしかめた。疑問と驚嘆と嫌悪が、その表情に浮かんだ。

祖母が持っていたのは、縦に真っ二つに割れた花嫁人形だったのである。

「おばあちゃん、それって何かのサプライズ？」

そうだとしたら、ずいぶんと悪趣味なことだ。ことに「結婚」が禁句である薫に対して、これは何かの挑戦か？　ちらりと、明るい場所に座る和子の背中を見た。和子はとぼけた沈黙を保ったまま、煙草で煙の輪っかを作っている。

「これは冥婚《めいこん》の花嫁人形だ」

「冥婚？」

なんだか怖そうなことをいい出した。薫は警戒する。

「いや、別に聞きたくないから」

「死んだ人さ嫁ばもらってやる、その花嫁代わりの人形さ」

津軽の人は、死んだ子どもの年を数える。男児が亡くなると、その結婚適齢期のころに親が花嫁人形を用意して、冥府に居る息子の結婚相手にするという風習があった。昭和の後半あたりから始まった習わしで、人形は十年間、冥婚を行う寺で供養される。

しかし、あの世の人と結婚した人形が真っ二つに割れているとは、いかにも剣呑《けんのん》ではないか？

「ごめん。今、ちょっと忙しくて……」

たたりやら呪《のろ》いやらの話が始まるのかと、薫は身構えた。

「忙しいもクソもねえ。これは、おめさも関係ある事件《ずけん》だ」

ず……事件《ずけん》？

「これば持ち込んだのは、亡くなった人の親ではねえんだ。亡くなった人が、ぞっこん惚《ほ》れていだおなごの人だ。その魂《タマシ》が冥婚だのしたくねえって、人形ば割って見せたのさ。魂は、今も恋々としてそのおなごさ付きまとってるずよ」

「幽霊の――ストーカーってこと?」

「いや、そこまで悪辣《あくらつ》な幽霊でねえべばって」

鯛子はテーブルの上に花嫁人形の残骸《ざんがい》を置き、薫の広げた答案用紙をさも邪魔くさそうに、わきに退《の》けた。庭では相変わらず、子どもたちが迷い犬とはしゃいでいる。

和子が立ち上がって、台所の方に行った。

「これを持ち込んだのは、庄司敏子《しょうじとしこ》づう人だばって、おめ、知ってるべ」

「えええ?」

薫は思わず顔をヒン曲げた。祖母は目が見えないが、孫娘のそのヘン顔を笑った。

「は、は、は」

「ははは、じゃないよ、おばあちゃん」

庄司敏子とは、小学校で薫が受け持っている教え子の母親だ。少しばかり問題を抱えた子どもの、さらに少しばかり問題を抱えた母親である。

祖母が問題児云々《うんぬん》といったのは、そのことか。

しかし、自分のお客の名前を、こうして孫なんぞに教えてしまってもいいものなのか？

「なんも心配《け》ねえ。この件に関しては、おめもこっちのスタッフだからな」

「スタッフって――」

薫は困って笑った。

祖母は八十八歳にしては、矍鑠《かくしゃく》として頭の回転も若い者に負けないくらいだが、なにしろ世代の隔絶というものがある。祖母の常識は、二十一世紀の非常識だ。おそらく、お客と話をするうち子どもの担任教師が薫だと聞きあてたのだろう。祖母はなかなか霊験あらたかな人物だが、それよりもコールドリーディング、ホットリーディングの達人である。成田《なりた》鯛子を腕の良いイタコといわしめているのは、そんなペテン師のような技術であった。

――せば、あんたの娘の学校の先生の名前コは、石戸谷《いしとや》薫っていうんだな？　まだ嫁コさ行ってねえ、若いおなご先生だべ？

――ど、どうしてそれを……？

などという会話が交わされたのだろう。

おそらく祖母も、その奇遇を喜んだはずだ。自分のお客の問題に、薫のことも巻き込もうと企んだようだ。だが、仕事には守秘義務というものがある。

「うんにゃ」

薫の洞察《どうさつ》を鼻で笑い、祖母はうるさそうにしわだらけのてのひらを顔の横で振った。

「はいはーい、水分補給だよー」

和子がお盆に大量のコーラと番茶と魚肉ソーセージを載せてやってくると、庭で遊ぶ子どもたちにコーラを、犬に魚肉ソーセージをふるまい、番茶を持って薫のとなりに座った。

「へへー。ビックリするよね、この人形」

大きな湯飲みに入れた番茶を祖母と薫の前に置き、和子は子どもたちと同じダイエットコークをペットボトルのままラッパ飲みしている。

「あたしが、その人形割れるところを見たんだよ」

仕事帰りの疲れた身を襲った驚異のオカルト現象を激白して、和子は奥歯で魚肉ソーセージを噛《か》み切った。

「かずやんは、霊感強いから」

薫は、祖母によって押しやられた答案用紙をたぐり寄せながらいった。

「そうなのかな。自分では、そういうつもりないんだけど」

確かに、和子は鯛子の孫だけあって、小さいころからよく不思議なものに遭遇してきた。

林間学校に行ったときのスナップ写真には、半透明の人影が写り込んでいたし、人《ひと》魂《だま》なんかしょっちゅう見ている。一度など、親戚の年寄りが亡くなったとき、眠っている和子の布団に乗っかって、別れをいって行った。その間、和子は金縛りに遭《あ》っていた。

「あれは、怖かった」

「そういう感覚、まったくわかんないね」

一方、同じ祖母を持つ薫は、幽霊も人魂も見たことがないし、小学生のときにコックリさんをやったときには、十円玉はピクリとも動かなかった。それでも、祖母の話を聞くうちに、超常現象には自然と耐性ができている。霊障も生まれ変わりも、事実としてあっさり受け止めてきた。今、この真っ二つになった花嫁人形の話を聞いても、別に不思議だとも思わなかった。これを不思議と受け止めずとも、立派に社会人としてやっていけるのである。ともあれ、超常現象になど遭わないに越したことはない。

「この人形が割れたときも、マジ怖かったね。おしっこもらすかと思った」

「かずやんも、純一郎《じゅんいちろう》おじさんも、うんことかおしっことか、汚いよ」

「無駄話はいらねえ。話には順序づうものがあるんだ」

「いいよ、順序とかなくていい。話もしなくていい」

薫は無残な姿となった花嫁人形を見ながら牽制《けんせい》するが、祖母は聞く耳を持たない。

「いいはんで、聞げ」

この人形を持ち込んだのは、庄司敏子というシングルマザーである。

薫の教え子の母親だ。

敏子は、しつこく交際を求めてくる田澤昭介《たざわしょうすけ》という男に辟易《へきえき》していた。田澤は会社の同僚であったため、無視しようにも、毎日職場で顔を合わせなければならないので、ほとほと困っていた。

「庄司さんは、今、失業中のはずだけど？」

薫が口をはさむと、祖母は「うー」と不満げにうなった。口をはさむなという意味らしい。

「その田澤づう人が、亡くなったんだどさ」

「え？　唐突だね」

薫は湯飲みを持ち上げる手を止めた。

「投身自殺づうことらしい」

「げ」

和子が口角を下げて、目をぱちくりさせた。

「それ以来、庄司さんは成仏でぎねえ田澤の気配を感じるんだどさ」

「こわっ」

薫は、教え子――庄司紗香《さやか》の顔を思い浮かべて、眉根《まゆね》を寄せた。

3

「ばあちゃんの見立てはどうなのさ。田澤って人は、化けて出てるわけ？」

和子がいった。仏の口寄せをして死霊の意見を聞いたのか、という意味だ。

祖母は首肯した。

「仏さまは、確かに来た。しかし、死んだショックで口が利けなくなってまってな。助けてもらいたくて、庄司さんさ、すがり付いてたんだ」

「死んじゃったのに、助けてもらいたいも何もないじゃない」と薫。

「そんな素人にすがり付くより、最初からばあちゃんに頼めばいいじゃんね」と和子。

「真実の愛が奇跡を起こす」

祖母は、童話に出てくる良い魔女みたいなことをいった。

「冗談はさておき」

「冗談なんだ？」

従姉妹二人は、顔を見合って少し笑う。

「田澤さんにすがり憑かれた庄司敏子さんが、ばっちゃにすがり付いた。庄司さんはばっちゃのお客さまだからな」

「わたしのお客ではないけど」

薫がいうと、祖母は見えない目をキッとこちらに向ける。

「教え子の母親だべ。おめの、お客さまだでば」

「はあ……まあ……」

薫は口の中でつぶやく。庄司紗香の答案にちょうど目がいった。国語、26点である。

「その魂は、自分がなして死んだのか、わかってねえ。だから、成仏だなんてしたくてもできねえ」

「投身自殺っていったよね。死んだショックで、死んだ動機を忘れたってわけ？　それで、生前に好きだった人を頼っているんだ？」と、薫。

「う〜。迷惑かも〜」

田澤の霊は、夜ごと庄司敏子の夢枕《ゆめまくら》に立ち、視界の隅をよぎり、ときに泣き声を聞かせてくる。それと時期を同じくして、庄司家ではトイレの水道管が漏れ、電話機が壊れ、テレビが壊れ、炊飯器が壊れ、サッシ窓にひびが入り、コバエが大量発生した。家電の故障などを霊障と決めつけるのはためらわれたが、田澤の死を合図にしたように起こったトラブルを、不気味と思わずにいるのは難しい。

——だいいち、買い替えるにしても、お金が続きませんよ。あたしは今、失業中なんですから。

田澤の死からほどなくして、勤めていた会社が倒産した。イタコの見料を払うのさえ、庄司敏子は惜しそうにしていたらしい。

「会社はつぶれて、幽霊に付きまとわれ——。そりゃ、災難だ」

和子は魚肉ソーセージを奥歯で嚙み切った。

「でも、そこまで愛されるって、ちょっと嬉《うれ》しくない？」

「甘《あめ》え、甘え」

祖母は気障《きざ》に人差し指を振る。

庄司敏子には、恋人が居たのである。フリーのウェブデザイナーをしている男性で、敏子より一つ年上。木浪羊太《きなみようた》という。田澤の存命中から付き合っていた。したがって、田澤の求愛に応《こた》えることはできなかったし、霊魂になってまで付きまとわれるのは、迷惑至極なのだ。

しかも、近々、敏子は恋人と籍を入れることになっていた。どうにもふんぎりが付かない様子だった相手が、ようやく結婚に前向きになってくれたのである。そんな大切なときに、死んだ男の霊などにうろちょろされたくない。

「だから、冥婚ってわけか」

薫は番茶をすすった。

庭からは子どもたちと犬の遊ぶ声が、居間からは大人たちの多様な不幸自慢が、楽し気に聞こえてくる。和子が、はしたなくゲップをしたので、薫は答案用紙を丸めて頭をたたいた。

「亡くなった男には人形の花嫁を押し付けて、自分は彼氏と結婚しようとした。亡くなった男は納得できずに、人形を真っ二つ。――こりゃ、ホラーだわ」

「田澤さんは、別に怒ってるわけじゃねえ。自分が死んだわけがわからねえで、悲しくて情けなくて、辛抱できなくて庄司さんを困らせているのさ」

「だって、ばあちゃん、冥婚ってのは死んだ人に花嫁人形をお供えするもんなんでしょ？　それを割っちゃったんだから、激怒してるって思うの普通じゃんよ」

和子は割れた花嫁人形を両手で持って、恐ろしそうに断面を覗き込む。

「昴、もう帰るから、トイレに行っておきなさい！」

「おばあちゃんも、こっちに来てお寿司を食べなさいよ！　ウニ、残ってるわよ！」

居間では大人たちが大声を張り上げている。祖母は「しゃしねえ、しゃしねえ（うるさい）」と小声でいって、肩をすくめている。

そんなときに、庭からいっせいに「わあ」と、子どもたちの声が上がった。それが、ただごとならぬ響きがあったため、薫たちはそろって腰を上げた。

「なした、おめだぢ」

祖母に続いて、薫と和子は縁側に駆けつける。

庭で犬と遊んでいた子どもたちは、驚いたり泣きだしそうな顔をしたり、あるいは怯《おび》えたりしてこちらを見上げてきた。

「犬が消えちゃったんだ」

「本当だよ。皆、見てたんだから」

投げられたテニスボールを空中でキャッチして、まるで笑ったような顔をして子どもたちを見た犬は、どこへ行くでもなく、その場で煙みたいに掻《か》き消えたのだという。

「うちで飼っていいかって、ママにお願いするつもりだったのに」

そういったのは、口うるさい母親を持つ昴だ。もしもそんなお願いをしたら、またひと悶着《もんちゃく》起こるところだったが、犬は騒動の前に消えてしまった。

「昴や、あの犬コは飼えねえよ」

祖母は優しい声でそういうと、小さな一同が空にしたペットボトルを拾い集める。

「あの犬はな、保健所から来たんだ」

「え？」

「逃げて来たの？」

「いやあ」

祖母は曾孫《ひまご》の手から、犬と遊んでいたボールを受け取った。

「あの犬は飼い主がもう要らないっていって、保健所さ連れて行かれたのさ。捨てられたんだな」

えー、ひどーい、という声が口々に上がった。

「保健所でももらい手を待っていたんだが、期限が来てあの犬は殺されてまったんだよ。したけどなあ、なして殺されねば駄目《まいね》がったのか、犬はどうしてもわがらなくてなあ。人間のこと恨まねばねえのか、困ってなあ。したけど、おめだぢに遊んでもらったら、楽しくって面白くって、捨てられで悲しがったことも、殺されで口惜《くや》しがったことも、もういいなあって思ったのさ。だから、今、犬の神さまのところさ行ったんだよ」

「……………」

祖母は、この手の話は実に巧みなのだ。薫は不覚にも涙腺《るいせん》がゆるみそうになった。犬といっしょに遊んでいた子どもたちは、もうたまらなくなってすすり泣きを始める。いくら呼んでも来ない昴に痺《しび》れを切らして、美沙子が連れに来た。

「あら、皆で何を泣いてるの。何かあったの？」

美沙子は、怪訝《けげん》そうにこちらを見る。

和子が、悪戯《いたずら》っ子のように「へへへ」と笑った。すると、泣き顔の子どもたちが、袖《そで》で顔をぬぐって、それに倣《なら》う。薫もいっしょに「へへへ」と笑った。

＊

米寿の祝いの客たちが帰った後で、薫と和子は一同の飲み食いした食器を、水道の水と同じほどの不満を垂れ流しながら洗った。

「自分たちが使った皿くらい、洗ってから帰れっつーの」

座布団を片付け、空っぽになったビール缶やペットボトルを資源ごみをためる容器に納め、食べこぼしを布巾《ふきん》で拭《ふ》いて、和子は「けっ」といった。

「あの人たち、お盆も来るみたいなことをいってたっけ」

「おいおい、冗談は文子《ふみこ》の体重だけにしろ」

更年期障害で太ってしまった従姉の名前をあげて、和子はひどいことをいう。

「おばあちゃんは？」

「畑の水やり」

「おばあちゃん、よく働くよね。自分の米寿のお祝い中も、蔵の掃除をしてたもん」

「あの伯父伯母たちの混沌《こんとん》とした会話には、混ざり難いものがあるし」

片付けを終えた薫は、テストの採点をしていた座敷にもどる。

「あんたも、まだ仕事する気？　そういうの、何てんだっけ？　ワーキングホリデー？」

「ワーカーホリックでしょ。ていうか、ここ、Ｗｉ－Ｆｉ使えたっけ？　ネットで調べたいことがあるんだけど」

薫は重ねた答案用紙を赤い革のトートバッグにしまって、代わりにノートパソコンを取り出した。

「ああ、Ｗｉ－Ｆｉ。はいはい」

和子がスマホにメモしたパスワードを見せる。

「サンキュー」

「何を調べるのさ」

「例の花嫁人形の背景を」

「ふうん」

薫がキーボードを打つのを見ながら、和子は煙草とライターを持って縁側に移動した。

「今度の土曜さぁ、合コンあるんだけど、来ない？　公務員とか銀行員とか、安全牌《パイ》が集まる予定なんだよね。結婚を考えたら、なかなかポイント高くね？」

「面倒くさいよ。パスする」

薫はうすいディスプレイを見ながらいった。親戚一同が言葉をにごしていたように、薫に恋愛や婚活の話をする者は少ない。薫の事情を知った上で、ずけずけいってくるのは、和子くらいのものだ。その気持ちはありがたいのだが、多少、重たい。多少、鬱陶《うっとう》しい。

「セックスだけが恋愛じゃないでしょうが」

「セックスレスを前提に恋愛する人は居ないでしょう」

「そりゃあ、まあ、そうだねえ」

和子が、煙の輪を吐き出している。その背中がなんだか憎らしく見えたので、薫は反撃をこころみた。

「で、あんたの方の結婚の話はどうなのよ」

「どうって？」

和子はとぼけている。

公務員や銀行員を安全牌とカテゴライズする和子当人は、一歳年下の勤務医と付き合っていた。和子は化粧にも服装にもまったく頓着《とんちゃく》しないが、実は図抜けた美貌《びぼう》の持ち主だ。加えて、案外と性格も良いし気風《きっぷ》も良いから、男が放《ほう》っておかない。だけど、結婚どころか決して長続きしないのが常だった。

「間宮さんとは、うまくいってるの？」

「うん、まあまあ」

今の内科の先生とは、それでも二年続いている。これは本命なのではないかと、薫は踏んでいた。

「あ！」

薫が声を上げる。

合コンとか恋愛とか結婚とかへの意識が、不意に消えた。探していた情報が見つかったのである。それは、あの花嫁人形を真っ二つにした田澤昭介の死を報じる、地方新聞の記事だった。

「あったよ、かずやん」

「え、マジ？」

灰皿に煙草をこすりつけながら、和子がすっ飛んで来た。

「これ、これ」

二人で頭をくっつけるようにして、ノートパソコンを覗き込んだ。和子からは、煙草のにおいがした。

「そういえば、この記事、新聞で読んだっけ」

田澤昭介が、死亡したときの年齢は二十六歳と記されていた。——彼が死んでなお、付きまとっているという庄司敏子は今年で三十二歳になるはずだ。六歳年下の男なんて、女の方にその気がないならば、ずいぶん子どもに見えたのかもしれない。しかも、敏子には小学生の娘もいる。

記事によると、田澤昭介は勤務先の四階の窓から、投身自殺をした。

「勤め先は青りんご広告だって。あんた、知ってる？」

「港町でしょ。ボロいオフィスビルの窓に、ペンキで社名を書いてたと思ったな、確か」

「さすが、タクシードライバーだね。街のことなら、何でも知ってる」

田澤は会社の金を横領し、それを苦にして自殺したとみられている。田澤の使っていたパソコンからは、後悔の胸の内をつづった遺書が発見された。その内容にそって帳簿を調べたところ、一千万円がなくなっていることが判明した。亡くなった田澤の身辺を調べてみたものの、その金は見つからなかった。

また別の記事によると、青りんご広告は今年の一月に倒産していた。

「新聞に書かれていだごどを、亡ぐなった田澤さんは納得してねえんだ」

突然に祖母に声を掛けられ、二人は仰天した。

「なんだよ、ばあちゃん。畑に居たんじゃないのかよ」

「なんだ、その言葉づかいは」

祖母は和子を叱ると、薫に向き直った。

「薫、庄司敏子さんの娘は、学級の問題児だべ」

「う、ん。ま、あ」

「その問題は、田澤さんば助ければ解決するど」

祖母は見えない目で、薫を恐ろしいほど強く凝視した。祖母はペテンまがいのこともするけれど、たまに本当に不思議な予言をしてのける。そんなときは、今みたいに目を見開いて、見えないはずの目で人を射抜くのだ。

第二章

1

教室の中にぎこちない空気が流れていた。

五年生の子どもたちは、薫が教室に入ったときも相変わらず騒いでいたし、薫の姿を見ると慌てて席に着くのもいつもどおりだ。だけど、どこかぎくしゃくしていた。普段とはちがう不安と興奮と、怯《おび》えと嗜虐的《しぎゃくてき》な愉快さが、ごちゃごちゃに揮発している——のを感じる。

薫はいつものように「席に着いて」とか「静かに」とはいわないで、教室を見渡した。何かがおかしかった。それをごまかそうという意識が働いたものか、教室のあちこちから「日直」「日直」と促す声が上がり、日直当番の子どもが「起立」といいかけた。

「ちょっと、待って」

薫の視線が定まり、その声が無意識にも低く怒気を含んでいたので、子どもたちはいっせいに黙る。全員の目に怯えがよぎった——否——全員ではない。庄司紗香を筆頭とする七人組のグループは、依然として愉快さの残る顔付きをしていた。

庄司。

いかにも。

祖母の依頼人である庄司敏子は、この児童の母親だ。

——薫、庄司敏子さんの娘は、学級の問題児だべ。

イタコの超能力なのか、カウンセリングの才能なのか、祖母が指摘したのは、紗香のことである。紗香は仲間を引き付ける不思議な魅力のある子どもだった。しかし、その魅力には毒がある。教師の前でも傍若無人《ぼうじゃくぶじん》にふるまうことで、紗香はクラスメートの全員に一目置かれる存在となっていた。その地位を利用し、取り巻きたちを手なずけ、紗香は狩りをする。クラスの中から犠牲者を選び出し、いじめの標的にするのである。

今、いびつな興奮と怯えで緊張しきった教室の中、席が一つだけ空いている。

朝倉《あさくら》美優《みゆう》が居ない。

美優が登校する姿は、校門で見かけていた。

――石戸谷先生、おはようございます。

薫にそう挨拶《あいさつ》して、校庭を横切り昇降口に向かう後ろ姿を見送ったのは、ついさっきのことだ。

美優は不思議なほど優しい子どもだった。小学五年生とはいえ、人間として十一年も生きていると、それなりな狡《ずる》さを身につけるものだが、美優に限っては、実に純真無垢《むく》なのである。健気《けなげ》で素直で疑うことを知らず、公平で親切で優しさに満ちている。まさに、名前どおりに育った子どもだ。

それが気に入らなかったのか。

美優は紗香たちの獲物にされた。

（どうする）

美優がどこに居るのか。だれが、美優に何をしたのか。そうクラス全員に問いかけても、だれも発言などするまい。それこそ、紗香たちに睨《にら》まれてしまうからだ。さりとて、紗香を立たせて詰問なんかしたら――予断で生徒を犯人と決めつけたなどと保護者に知られたら、厄介なことになりかねない。

紗香を見る。

真っすぐな視線で見返された。

紗香は、いっぱしの悪党の顔付きでほほえんでいる。

喧嘩《けんか》を売られたときの、いやな興奮が胸に広がった。

そのとき、教室の戸が開かなかったら、薫は紗香を起立させて朝倉美優の不在のわけをしゃべらせようとしただろう。

しかし、そろそろと静かな音を立てて、引き戸が開かれた。養護教諭の工藤《くどう》先生が、慎重な顔付きで立っている。

「石戸谷先生、ちょっといいですか?」

入口まで歩み寄るほんの短い間、胸騒ぎがして軽い吐き気を覚えた。

工藤先生は眼鏡の奥の小じわが目立つ両目に緊張の色を浮かべ、薫に耳打ちをした。

＊

運動着に着替えた朝倉美優は、保健室のベッドに腰かけて黙りこくっていた。水を拭《ふ》いた髪の毛は、まだ濡《ぬ》れている。

美優は体育館の入口わきにある、女子トイレの個室に閉じ込められていた。ドアの把手《とって》にモップでつっかえ棒を渡され、逃げ場を奪われた上で、脚立に乗ったいじめっ子たちにバケツの水をかけられた。予鈴が鳴っていじめっ子たちが去り、美優はトイレに取り残された。

そこは教室のある棟ではなかったため、利用者が少ない。六月とはいえ、ずぶ濡れで放置され、美優は体が冷え切っていた。いじめっ子たちに吐き捨てられた罵言《ばげん》で、気持ちまで萎縮《いしゅく》して、声も上げられなかった。人を憎むことができない性格の美優は、気持ちを奮い立たせることもできず、ただ理不尽な悪意にさらされた恐怖と悲しさで、泣くよりほかに何もできなかった。

たまたま校内を見回っていた校務員が、その泣き声を聞きつけなければ、美優の発見はもっと遅れたことだろう。一番奥の個室から広がった水が、つや消しタイルを一種無残に濡らしている。その静まり返った中で、女の子の細いすすり泣きが聞こえていたのだ。

校務員の村野《むらの》さんは最初、いじめ、とは思わなかった。

トイレの花子さんだと思った。

村野さんはトイレの花子さんについて詳しく知らなかったが、ともかく現代の小学校の校舎に巣食う魑魅魍魎《ちみもうりょう》であろう。自宅の居間のテレビで、そんなタイプの怪談番組でも観《み》ていたのならば、ビールを飲んでにやにや笑いをしているのだろうが、実際に直面する学校の怪談は全身が総毛立つ思いだった。

しかし、ドアの把手に渡されたモップの柄が目に入り、村野さんはわれに返る。

「だれか、居るんですか？」

「……はい……」

細い女の子の声がした。それを聞いて、怖さがぶり返してきたけど、頭の中では別のサイレンが鳴りだした。

これは、いじめ、ではないか。

急いでモップの柄をドアから外し、中を開けて見た。

ずぶ濡れの女の子が、泣きはらした顔で、便座の上にちょこんと座っていた。

村野さんに助けられて、養護教諭の工藤先生に引き渡された美優は、これといった外傷はなかったが、精神的なダメージは複雑な形で現れた。だれにいじめられたのか、頑としてしゃべろうとしない。それどころか、一時のショックが治まると、普段どおりの気丈な仮面をかぶってしまい、教室にもどるといいだした。

「朝倉さんがしっかり屋さんなのは、先生もよくわかっているけどね、無理しすぎるのはよくないよ」

「無理なんか、してません、先生。あたしは、大丈夫です」

美優はそれとわかる作り笑いをした。少しも大丈夫なようには見えない。

「だれに、あんなことをされたの？」

「………」

美優の顔からぎこちない笑いが消えた。肩が小刻みに震えだす。小さなひざに置いた両手も、白くなって震えていた。だけど、美優は薫の問いには沈黙で答えた。

報復を恐れているのだろうか。

それとも、紗香たちをかばっている？

美優のことだから、後者でないとはいいきれない。

「庄司さんたちなの？」

薫がいうと、うつむいた美優は困ったように視線を動かした後、急いで頭を横に振った。

「これまでにも、いじめられたことは？」

「……ありません。あたし、もう大丈夫ですから」

トイレに閉じ込められて、頭から冷水をぶっ掛けられて、大丈夫なわけがない。このまま教室にもどすなど、捕食者の中に子羊を送り出すようなものだ。しかし、美優が五年二組の児童である以上、彼女の居場所は薫の受け持つ二組の教室なのだ。美優を——クラスの児童全員を守るのは、薫の責務だ。

ほかの子どもと同様、美優にも普段から特に仲良くしている友だちは居るが、紗香たちがそちらにも圧力を掛けていないとは、いいきれない。被害を受けた美優が何も明かさない以上、彼女の包囲網がどこまでなのかすら判然としないのだ。ただひとつ、わかっていることは、これが薫の抱える問題であるということ。

美優を保健室に待機させて、教室にもどった。授業をとりやめてホームルームを行い、美優の受けた被害を子どもたちに伝えた。その上で、美優を除く全員を対象にしたアンケートを行った。薫自身は昼休み返上で全員の回答を読んだが、いじめがあったと答えた子どもは一人も居なかった。当事者と目される庄司紗香も含めて、である。

「石戸谷先生、昼食は食べましたか？」

教頭に話しかけられたとき、薫は子どもたちの読みづらい文字を追うことに没頭していた。驚いて顔を上げ、無理に笑って「いいえ」と答える。

「無理はしないようにね。こういうのは、長期戦になるだろうから、最初から無理は禁物です」

「すみません」

薫は頭を下げた。教頭は三年後に定年をひかえた、穏やかな人物である。ひょろりと背が高くて、猫背気味で、後頭部が平たくて（いわゆる「絶壁」）、うすい頭髪を大切そうに撫《な》でつけている。児童たちと同様に、薫のような新米教師を育てることも、自分の使命だと信じている。この人の下で働けるのは幸せなことだと思うにつけ、いじめなどという陰湿な事件を起こさせてしまったおのれの不行き届きが申し訳なくなる。

「ひとつ、ひとつ、解決しましょう。困ったら、すぐに相談してください」

「はい」

薫はアンケートの紙をまとめて机のわきに置くと、バッグの中から夕食用に買っておいた菓子パンを取り出した。

＊

「知らないけど」

放課後の職員室に呼び出された紗香は、最初のうちはシラを切っていたが、案外と早く自分の行状を認めた。

美優をいじめていたのは、二週間前からだという。教科書をゴミ箱に捨てたり、下足を隠したりしたが、少しもこたえていないようなので、今日は思い知らせてやるつもりだったという。

「どうして、朝倉さんに思い知らせてやらなきゃいけないの？」

「ていうか」

紗香は薫の机の横に立ち、片足をぶらぶらさせる。

「あいつ、あたしのことチクったわけ？」

「チクってないけど」

薫は相手の刺すような視線を、まっすぐ射返した。こちらは椅子《いす》に腰かけているので、どうしても見上げるような格好になってしまう。まるで、こちらが叱《しか》られているような構図だ。

「先生を見くびらないでね。何でも、お見通しなんだから」

「うそだ。だったら、なんでアンケートとかいうの、やったのさ」

「先生には、敬語を使いなさい」

薫はぴしゃりといって、紗香主導の話題を遮断する。

「どうして、あなたが朝倉さんに思い知らせる必要があるの？」

さっきの問いを繰り返す。それを紗香はまぜっ返した。

「何でも、お見通しなんでしょ？」

「いいなさい」

紗香は、少なくとも外見上は臆《おく》したようには見えなかった。目を怒らせて、いい放つ。

「あいつの、あのお利口さんぶりが腹立つんだよ。いつでも、ニコニコして、ハイハイって元気のいい返事して、いい人ぶって、明るい子ぶって、めっちゃ腹立つ。あいつの腹の中にある、もっと黒い本音を引き出してさらしてやりたいんだ。あいつの醜いところが、見たいんだよ」

「…………」

薫は（なるほどねえ）と思った。

思いがけない人物のことが、頭に浮かんだ。薫の知るその男もまた、美優のように天使みたいな人だった。薫はやっぱり、彼の中にドス黒いものがあると考えて、それを引き出そうとした。結局、その人は玉ねぎみたいに、剝《む》いても剝いても善人だった。本性を知ろうと少なからず暴力的な手段に出た自分が恥ずかしくて、薫はその人から逃げた。そのときの薫は、天使なんか信じられない人間だった。

同様の窮地に、紗香も立たされているということか。

薫は紗香を帰すと、電話に手を掛ける。紗香の母親（祖母に冥婚《めいこん》だなんて妙ちきりんな依頼を持ち込んだ人物）の携帯番号を呼び出した。

――はい？

つかまらないのかと思ったころに、いかにもつっけんどんな応答があった。電話しているこちらの素性は画面上に表示されたはずだから、この母親の中にある教師への認識は、娘と同じほどなのかと思った。子どもは十人十色、保護者も然り。いちいちショックを受けていたら、教師など務まらない。ほかの、あらゆるサービス業と同様に。

「紗香さんの担任の石戸谷です。いつも大変お世話になっております」

――はあ。

「急な話で申し訳ないのですが、紗香さんのことでちょっとおかあさまとお話をさせていただきたくて、これから家庭訪問をしたいと思うのですが、よろしいでしょうか？」

実際に今の今という非常識な申し出ではあるが、勤務先が倒産して、庄司敏子は無職だ。少なくとも、娘の担任と会う時間くらいあるだろう。

――ええ？

鼻にかかった迷惑そうな声を出された。さっきから、まるで反抗期の中学生みたいな応対をされている。娘の担任教師への礼儀云々《うんぬん》は置いておいても、娘への心証を害さないようにという気づかいもしないのだろうかと、素朴な疑問を覚えた。紗香の態度から感じ取った、彼女が抱えているらしい問題の出所は、この母親にあるのではないかという憶測が、すぐに浮かんだ。

(そういえば、交際している人との結婚話が出ているっていってたっけ。だから、亡くなった田澤さんの霊に付きまとわれるのは困る、と)

霊だの、魂だののことは、祖母の家を一歩出れば、途端に現実味をなくす。その霊だの魂だのに悩まされてイタコの成田鯛子を訪ねた庄司敏子は、もっと切羽詰まった状況にあるわけだ。あるいは、そのことも紗香の非行に関係しているのか。祖母は、そうだといった。

「これから、四時にお宅にお伺いしてよろしいでしょうか」

——まあ、いいけど。

結局、最後まで木で鼻を括《くく》ったような受け答えをされて、通話を終えた。素早く時計に目をやって、席を立つ。

「石戸谷先生、家庭訪問ですか」

となりで聞いていた一組担任の宮本《みやもと》先生が、顔を上げる。宮本先生は、四十代のベテラン女性教師で、自分の受け持ちの子どもたちはもちろん、学年の児童に関するさまざまな情報をデータベースのように頭に詰め込んでいる。まるで歩く〈保護者名簿〉だ。自らも中一と小学四年生の子どもの母親で、夫は高校で物理を教えている。

根っからの教育者であると同時に、多分にゴシップ好きのおばさんで、ときとしてその境目があいまいになる。

「庄司さんでしょう？　なかなか手ごわそうですよねえ」

「ええ、まあ、そんな感じかな？」

何か話したそうにしている宮本先生に笑顔を返して、職員室を出た。

訪ねた先、庄司家は留守だった。

2

新人の稲村《いなむら》が、同乗研修を終えて、今日から一人でのタクシー乗務が始まる。

新人とはいっても、稲村は五十四歳のおじさんである。穏やかな態度のインテリ風な紳士で、二十年勤務していた会社が先だって倒産した。そこでは総務部長と営業部長を兼ねて連日深夜まで働いていたのだが、その努力も水泡に帰した。サラリーマンの悲哀である。

営業経験が長いので、稲村は運転技術が達者だった。和子などはタクシードライバーになると心を決めて、二種免許を取得してから面接に来たが、稲村は要領良く入社してから教習所に入った。運転に自信があるならそっちの方が得策だが、取得までのプレッシャーを考えれば、和子は自分のやり方で良かったのだろうと思っている。

「稲村さんは接客のプロだから、同乗研修でも別に教えることもなかったよね」

古株の高田《たかだ》が、それでも先輩風を吹かせながらいった。高田は反抗期真っ盛りの中学二年生男子を育てる父親で、去年、パートで働く妻とともに清水《きよみず》の舞台からでも飛び降りるつもりで、念願のマイホームを手に入れた。好きなパチンコとスナックのカラオケを封印して、節約生活をしている。

「高田さんは、夢があっていいなあ」

「何いってんの。一昼夜働いて、家に帰ればブンむくれた息子が、カミさんに反抗してるのよ。こないだ頭に来て、怒ったのよ、さすがにさあ。そしたら、あの馬鹿息子の野郎、いっちょ前に歯向かってきやがる――」

二人は連れだって、車庫に向かった。これから車両の安全点検をして、営業開始である。

「稲村さんのところ、子どもが四人だって知ってた？」

事務のチーちゃんが、和子の肩をたたきながらいった。社長の姪《めい》で、三十代後半の独身。トイプードルの健太《けんた》のママだ。

「四人の子持ちで失業なんて、ショックだったろうねー。おまけに奥さんは、専業主婦だってよ」

「へえ……」

チーちゃんは、年齢を重ねるごとに、ステレオタイプのおばさんらしくなってゆく。お客であれ、上司であれ、同僚であれ、赤の他人であれ、言葉巧みに近付いては個人情報を聞き出して、和子に教える。どうして和子に教えるかというと、独身仲間だからだ。

新聞の身の上相談の欄に、職場の独身仲間が結婚してしまったと愁訴する、中年女性の投稿を読んだことがある。和子が身を固めることがあるとしたら、チーちゃんは同じくらいショックを受けるかもしれない。結婚なんかしたくないくせに、身近な仲間が薬指に指輪なんかはめると、最後の砦《とりで》が崩れたような気持ちになる人なのである。

「しかも、一番上の子が東京の大学に行ってるんだって。なんだか、優秀な子らしいのね。稲村さんもいかにもインテリって感じがするじゃない？　前の職場に居たときは、弘前《ひろさき》大学に招かれて学生たちの前で講演したことがあるんだって。すごいよねえ。あたしなんか、そんな国立大学の賢い子たちの前に立たされたら、顔が真っ赤になっちゃって、きっと一言も話せないと思うよ——」

「あー、わかった、わかった。はいはいはい。じゃあ、仕事に行って来るねー」

　その日の営業は、県立美術館と酸ヶ湯《すゆ》温泉に向かうお客を拾い、なかなか良い稼ぎになった。午後三時に、祖母が作ってくれた弁当を車内で食べる。目の不自由な祖母は、なぜかいつもキャラ弁もどきの彩り豊かなお弁当を作る。今日も、輪切りにしたゆで卵の黄身に、胡麻《ごま》と昆布《こんぶ》の佃煮《つくだに》でスマイルマークを描いていた。スマイルマークが全盛だった昭和の中頃《なかごろ》には、すでに祖母は視力を失っていたはずだ。どうやってこの意匠の情報を得たのだろう。和子はときたま、祖母は視力どころか超能力まであるのではないかと思うことがある。

　甘酢の餡《あん》がからんだ肉団子をほおばりながら、午前中のおのれの仕事ぶりを振り返り、しみじみとした満足を覚えた。

　水筒に入れた温かいほうじ茶を飲んだ後、和子はそそくさと午後の営業に入る。

　観光通りを北の方角に流していたら、歩道でタクシー待ちの客が合図をよこすのが目に入った。

「駅まで」

　サラリーマンらしいスーツ姿の、五十年配の男性客である。スマホを見ながら、顔も上げずに行き先をいった。

「はい」

和子もビジネスライクに答える。

和子はお客に積極的に話しかけるタイプではない。タクシードライバーという仕事は気に入っているし、他人と他愛ない会話を交わすのもきらいな方ではない。しかし、不特定の相手に自分の情報をしゃべり倒したくはないと思っている。

それには理由があるのだが、ときたまドンピシャで急所を突いてくる人が居る。

国道に出て信号を待っていたら、リアシートのお客は急に顔を上げた。運転席に掲示してある和子の写真と名札を見つめているのがわかる。この人、ちょっとヤバイかも。そう思ったとき、案の定、乗り込んだときとはうって変わった、ミーハーな調子で尋ねられた。

「運転手さん、女性なんだね」

「そうですね」

それは見れば、わかる。

「運転手さん、美人だね」

「そうですか」

それも、見ればわかる。

「成田李衣菜《りいな》に似ているんじゃないの？　成田李衣菜も青森の人だったよね。芸能界辞めて、青森に帰って来たとか――週刊誌に書いてなかった？」

「そうでしたっけ」

和子は白々しい調子で答える。

五年前、成田李衣菜という新人女優が、これから売り出そうという矢先に芸能界から消えた。大物俳優との不倫疑惑が連日ワイドショーをさわがせ、インターネットを炎上させ、週刊誌の売り上げに貢献し、やがて忘れられていった。

所属していたプロダクションに退職願を提出した後、李衣菜は東京のアパートを解約し、引っ越し代を節約するために自分で家財道具を梱包《こんぽう》して割引価格で搬送してもらい、だれにも気付かれることなく下り新幹線に乗った。

新青森駅に降り立ったときは、成田李衣菜は成田和子にもどっていた。

東京に骨をうずめるつもりだったから、ずいぶんと不義理をしたあげくに捨てた故郷である。思いがけないことに、渦中の和子を迎えた家族は優しかった。親戚《しんせき》も優しかった。帰って来た和子は、反抗期の少女にもどったみたいに不機嫌だった。

連日の夜遊びからひきこもりを経て祖母との同居に落ち着いた今、東京は竜宮城と同じほど遠い。成田李衣菜として生きた日々は、消去したいこっ恥ずかしい過去だ。

「運転手さん、苗字《みょうじ》も同じじゃないの。ひょっとして、成田李衣菜の親戚かなんか？」

「いや、ちがいますよ。青森は成田って苗字が多いですからね」

早く青森駅に届けて、この客を降ろしてしまいたい。李衣菜だったころは長い茶髪をきれいに巻いていたし、念入りなメイクを欠かさなかった。テレビや雑誌に出るときは、熱帯魚みたいに着飾っていた。一方、今では黒い短髪に会社の制服を着ている。よもや同一人物だとはバレるまいが。

「そんなこといって。本人だったりして？　だって、すごく似てるよね」

「いや、まさか。本当ですか？　嬉《うれ》しいなあ」

和子はしらばっくれながら、国道から新町《しんまち》方向に右折した。それが良くなかった。駅前の目抜き通りである新町通りは、赤信号のタイミングがクルマの速度によく合う。つまり、よく止められる。しかも、この通りの交差点はスクランブルだらけだから、待ち時間が長いのだ。

「ねえ、本当に成田李衣菜じゃないの？」

「そんなに似てますか？」

「似てる、似てる。おれ、ファンだったもんな。あんなおっさんと不倫なんかしてほしくなかったよ」

「おいおい、運転手さん、知らないの？　スポーツ新聞とか週刊誌で大騒ぎだったじゃん」

「へえ、不倫したんだ？」

知っていますとも。

マスコミに追いかけられ、追い立てられ、鬼か悪魔のように報じられた日々。女優を辞めたかったわけではない。しかし、あそこまでバッシングされた後では、仕事を続けるのは難しかった。

駅前の信号がようやく青に変わり、ロータリーに乗り入れる。正面口の前でお客を降ろした。早く逃げ出したかったため、お釣りを渡すのを失念して催促された。財布をビジネスバッグに戻しながら、お客はまだこちらを見ていた。

夜の九時から休憩を取って、お好み焼きを食べた。去年開店したばかりの美味《うま》い店なのだが、店主が変にねばっこい性格で、お好み焼きへの熱い愛を客に押し付けてくる。空気を読まずに、お好み焼きの蘊蓄《うんちく》を語り、自分の修業時代のエピソードを語り、取りそろえてあるソースを小さな煎餅《せんべい》みたいなものに付けて客に有無をいわさず試食させる。そのせいか、いつ行ってもガラ空きだった。気の毒だが、遠からず閉店するだろう。青森はバブルの時代ですら不況だったそうだから、最近などは気がつけばいろんなものが消えて、空き店舗と月極駐車場ばかりが増えてゆく。

「ごちそうさま。今日も美味《おい》しかったよ」

七百円を払って、店を出た。店主は、太陽に当たった向日葵《ひまわり》みたいな顔で見送ってくれた。勝手につぶれると思い込んでいる和子は、この笑顔もそのうち見られなくなるんだなあと独り決めして悲しくなる。

間宮を見たのは、お好み焼き屋を出てすぐだった。

目下、和子と交際中の間宮は県立病院に勤める内科医だが、今夜は当直だといっていたはずだ。かつて芸能界で見てきたイケメンたちとは根っこの部分からちがう、凡庸な人間だ。顔も十人並み。性格も十人並み。頭の回転だけは速いから、話は面白い。

その間宮が、ベビーピンクのワンピースを着た、可愛《かわい》らしい女と連れだっていた。

エンジンを掛けようとしていた手がとまり、胸がざわついた。クルマを降りて、追いかけて行ってみる？　この人はだれなのと、訊《き》いてみる？　……あり得ない選択だ。

クルマを徐行させて後ろからついて行ってみる？　……ますます、あり得ない選択だ。

――今、柳町《やなぎまち》通りで見かけたよ。いっしょに居た人、だれ？　彼女じゃないよね。笑
メールを送信して顔を上げたら、間宮の姿は消えていた。

「………」

息を大きく一つ吸って吐き、今度こそエンジンを掛けた。

これから朝の四時まで、賃料が二割増しになる。

（張り切って、行こう！）

飲食店が集まる本町で客待ちをした。お客はすぐに乗って来て、沖館《おきだて》、佃《つくだ》、月見野《つきみの》まで運んだ。まずまずの収穫だった。

夜が白むころに会社にもどると、先に帰って来ていた若手のカブくんが泣き真似をして騒いでいた。昼間、弘前まで乗せたお客に籠脱けされたという。つまり、運賃をもらえず、逃げられたということだ。

なにせ、ロングのお客だから、ドライバーもちょっとくらいのわがままには笑顔で応じる。弘前市内に入ったところで、敵は銀行によりたいから少し待ってくれないかといったらしい。

「どんな感じの人？」

「おれと同世代くらいの男です。今思えば、ちょっとズル助な感じだったな」

ズル助とは津軽弁で、やんちゃなヤツくらいの意味だ。

「そのズル助に、逃げられたわけ？」

「はい」

カブくんは、頭を掻《か》きむしりながら苦しそうにうなずいた。

銀行で降りたズル助は、そのままバックレた。カブくんは停《と》めたクルマの前で右往左往し、捜しても空しいだけの銀行の店内でも右往左往し、近所の道をクルマで右往左往して三十分を費やし、とうとう諦《あきら》めて帰って来た。弘前までのガソリン代の分だけ赤字だった。

「あの野郎、いまごろこっちを騙《だま》したのを笑ってやがるのかなーと思うと――」

カブくんが七転八倒していると、初仕事だった稲村がもどって来た。こちらも、キツネにつままれたような顔をしているので、またしても籠脱《かごぬ》けかと事務所の一同は色めき立った。

「籠脱け？　それは、何ですか？」

新人の稲村は、きょとんとしている。

「籠脱けっつーのはね、稲村さん」

カブくんはレクチャーのついでに、自分の災難をまた一渡り語って聞かせた。

稲村は深刻な顔をして耳を傾け、それから自分の乗務中に起きた椿事《ちんじ》を披露する。

「これを、忘れて行った方が居まして」

そういって一同の前に差し出して見せたのは、ダイヤらしい立《た》て爪《づめ》の指輪だった。いかにも婚約指輪といった風情《ふぜい》だが、箱に入っているのではないから、女性に贈る前に落としたというわけではなさそうだ。つまり、指輪の持ち主となった女性が、指から外して落としてしまったということか？

「稲村さん、それらしい若い女の人を乗せた？」

「はい——若い女性のお客さまはお二人ほどいらっしゃいましたが——」

かつて営業部長をしていた稲村の言葉づかいは、あくまで丁寧だ。

「指輪を落とされたという気配はありませんでしたし——。こちらに、落としものの問い合わせなどは、来ていませんでしょうか？」

「来てたら、いうよ」

配車係の遠藤《えんどう》が手ぬぐいで禿頭《とくとう》の汗をぬぐいながらいった。

「すみません。そうですね」

「まあ、謝らなくていいけどさ」

遠藤は気まずそうにいってから、声のトーンを高くする。

「で、初日の仕事はどうでした」

「はい、おかげさまで無事に済みました。指輪の落としもののほかには、困ったことも起こらなくて」

和子は稲村から指輪を受け取り、青いカルトンに載せて金庫の中に納めた。まだ出勤して来ていない（なにせ、朝の四時だ）チーちゃんの机の上の、食パンのデザインの付箋《ふせん》を一枚取ると、金庫の中の落としものを警察に届けてほしいと書いて、ノートパソコンの上にぺたりと貼り付けた。

「じゃ、洗車して帰ろうか」

「うぃー」

災難だったカブくんが、やさぐれた調子で返事をして、稲村といっしょに付いてきた。

スマホを見ると、間宮からメールの返事が来ていた。

——人ちがいじゃない？　おれ、どこにも行ってないよ？　朝の回診終わるまで帰れないよー。(>_<)ﾂｶﾚﾀｰ　ってか、それって、ドッペルゲンガー？　笑

液晶画面を見つめていたら、カブくんが声を掛けてくる。

「成田さん、どうしたの？　鬼みたいな顔して」

「え？　鬼？」

和子は慌ててスマホを尻《しり》ポケットに押し込み、特技であるグラビア用の笑顔を見せ

た。かつて、この笑顔は心の中のドロドロした黒いものを完璧《かんぺき》に隠し、ファンと称する人たちに癒《いや》しと安心を与えた。昔取った杵柄《きねづか》である。きれいな笑顔に安心して、カブくんは洗車の作業にもどった。

「………」

不意に、視界の隅を見慣れない男が横切る。

振り返ってみても、だれも居なかった。和子は思案気に、舌の先で頬の内側を撫でる。こういうのには、慣れていた。だれも居ないのではない。見えない何者かが、ほんの束《つか》の間《ま》だけ姿を現したのだ。祖母が、魂と呼んでいるような存在が。

3

土曜日は合コンに出た。

薫としては、しぶしぶである。

いい出しっぺの和子は、明け番なので同行している。彼氏が居る和子は、ただの頭数要員だ。服装からして、まったく気合いが入っていない。白いシャツに幅の広いジーンズをはいて、サスペンダーで吊《つ》っている。化粧も目立たないナチュラルメイクだ。

しかし、こんな場所に出て来ると、和子は当人の意思に反してひときわ映えてしまうのだ。勝負服に身を包んだ同胞が、和子の引き立て役になっている。やせても枯れても、元女優だ。——第一、和子はやせたり枯れたりしていない。芸能界を辞めた当時は、あっちこっち尖《とが》っていて、それが顔付きにも表れていたが、今の和子は強いて輝こうとしていたころよりきれいに見える。

一方の薫はというと、ずいぶん前に恋愛を引退した。今年で二十八歳になるから、ずいぶん前というと、本当に若い時分の話である。事情を知る人は恋愛や結婚に関して薫を腫物《はれもの》扱いするが、和子はおかまいなしだ。彼氏が居るのは、居ないより楽しいし、恋愛を引退するなどナンセンスなことだというのである。そんなことを、面と向かっていうのは和子だけだから、迷惑なことは確かなのだが、半分くらいは耳を貸すことにしている。合コンに誘われれば、異業種交流会にでも出るつもりで参加したりする。

和子が居ると男性の視線は自然とそちらに集中するし、薫はガツガツしないので気が付けば一人で居ることが多いのだが、今日はめずらしく目の前に男性が居た。前もって和子が安全牌《パイ》と呼んでいた公務員と銀行員たちの中で、その人だけ少し雰囲気がちがっていた。どこかしら、不良っぽかった。

「白井《しらい》っていいます」

「石戸谷薫です。小学校の教員をしています」

われこそは安全牌だ。それとも、花嫁候補は寿退職するタイプの方がいいんだろうか。まあ、どっちでもいいけどさ。

「わたしは、地方公務員です」

白井は、やはりどこか不良っぽくいい捨てた。

ふうん、と薫は思う。市役所とかに勤めているんだろうか。やさぐれた雰囲気だから、そのうち脱サラして自分の店を持ちたい――なんて夢を持っているのかもしれない。だけど、この不景気な街で商売を始めようなんて、それは危険な賭《か》けだ。我慢して安全牌で居続けることを強くお勧めする。

「県警で刑事をしていまして」

「へえ」

思わず、素直な驚きが出た。刑事って地方公務員だったんだ？

刑事といったら、テレビの刑事ドラマのイメージしかないが、そういわれればこの白井という人は、俳優たちが懸命に演じようとしている空気のようなものを、自然にまとっているみたいに見えた。ただ、刑事という少なからずセンセーショナルな言葉に、マンネリでふさがれた日常を抱える薫が、過剰に反応しただけなのかもしれないが。

——いや。マンネリどころか、薫は八方ふさがりの大問題を抱えているではないか。

薫がぶつぶつ考えていると、白井はきらりと光る目で見つめてくる。

「青りんご広告の変死事件、被害者の知り合いが薫さんの教え子の保護者だそうですね」

「え？」

青りんご広告の変死とは、あの割れた花嫁人形の件だ。

薫さん——とはまた、初対面なのに、馴《な》れ馴れしい。

被害者の知り合い＝教え子の保護者＝庄司敏子。どうして、そんなことを知っているのか？　それが警察というものなのか？

この人、今、変死事件といわなかったか？　田澤昭介は自殺したのではないのか？

疑問は波のようにのどに込み上げ、けれど口ごもっているうちに、白井は小さくうなずいた。

「和子さんから聞きました」

「え？」

あいつ、よくもぺらぺらと……。

テーブルの向こうの和子を睨んだ。和子はメタボ気味の銀行員相手に、身振り手振りを交えて冗談をいっている。和子の周りの善男善女が「わっ」と笑った。メタボくんは、憤慨したような顔をしてから、しかし満更でもなさそうに頭を掻いて笑っている。どうやら、メタボくんは体形をネタに、和子にいじられているようだ。薫の睨みなど入り込む余地がない。

「事件って――いいましたよね?」

薫は慎重な調子で訊いた。

「新聞には自殺だって書いてたと思いましたけど」

「事件や事故の可能性は、今のところ排除できません」

事件? 事故? 事故だとしたら、どういうシチュエーションで四階の窓から大の大人が転落するのか? それは考えられないと思うから、やはり事件ということになるのか?

薫は怪訝《けげん》な顔をしたけど、一番不可解だったのは、白井がこんな話を持ちだしてきたことだ。事件だの事故だのと、初対面の合コンの場などでぺらぺらしゃべっていいのか?

「警察は市民からの情報を、広く求めています」

事件現場に設置された立て看板みたいなことをいう。薫はどう反応していいのかわからなくて、結局のところ愛想笑いをした。

「たしかに、わたしが担任をしている子どもの保護者は、亡くなった方と同じ職場だったそうです」

「イタコのお祖母さんのところを、訪ねていったそうですね」

「かずやん、そんなことまで話したんだ？　ていうか、和子はどこまで話したんですか？」

「亡くなった田澤氏が、死んだ後になっても庄司敏子さんに付きまとっていることとか」

「……それを、信じたんですか？　まさか、うちの祖母を超能力捜査官として雇うとか？」

薫の頭に『青森県警超能力捜査官！』などという文句が躍った。

「まさか」

白井は相好をくずす。端整な顔立ちなのに、笑ったとたんにふにゃふにゃの顔になる人がこの世には一定数居るものだが、白井はそういう人だった。そんなにも楽しそうな顔をさせるほどのことは、いっていないつもりなので、薫はうろたえる。

「事件だとしたら——殺人事件ってことですか？」

言葉にしたら、すごくセンセーショナルになった。薫はますますうろたえた。

「そうなりますね」

わざわざこんな話を持ちだしたということは、これはいわゆる聞き込みというものなのだろうか？　合コンで聞き込みとは、仕事熱心というか、なんというか……。さりとて、薫自身も頭を悩ませている最中の庄司敏子については、話せることなどない。

「白井さんは、和子とは親しいんですか？」

「前に、仕事でお世話になったことがありまして」

和子の運転するタクシーで、容疑者を追いかけたことがあるのだという。

「ははあ」

お調子者の和子のことだから、張り切ってカーチェイスを繰り広げる様子が目に浮かんだ。

「いや、相手に気付かれないように、慎重に運転してくれました。おかげで逮捕にこぎつけまして、それ以来、たまに一緒に飲みに行ってます」

「なるほど」

おせっかいなかずやんは、この男なら薫の相手になるだろうと、初手から仕組んでいたわけか。確かに、笑った顔が面白いから、悪い人間には見えない。だからといって、恋人などまったく募集していないのだ。和子の目には不憫《ふびん》に見えているらしいが、薫は恋愛をしていないことにまったく問題を感じていない。

和子には間宮という恋人が居るから、今日来たのはまったくの数合わせである。さもなければ、薫のお守役である。そんな和子は、盛り上がる一同の中心に居た。どうやら、二次会はどこに行くかという案を取りまとめているようだ。

「ここは、われわれ二人で別行動ってことにしませんか」

白井が、ふにゃふにゃの笑顔でいった。

「は？」

これもまた、和子の作戦――親切というわけか。

「いいですけど」

席を立つ一同の後ろに続きながら、薫はいった。

入口付近で足踏みしている皆から抜け出して、白井と二人で足早に歩く。振り返ったとき、和子と目があった。案の定、少年みたいな格好をした和子は、ニヤリと笑って手を振ってよこす。

薫はきまり悪くなって、慌てて顔を逸《そ》らした。

（何を期待しているんだ、あいつは。ていうか、何を慌てているんだ、あたしは）

居心地の悪い気持ちをもてあましながら、白井について行った。

実は、少しわくわくしている。この人と、どうにかなるという意味ではなく、単純にミーハーな心持ちであった。

（なんせ、刑事だし）

刑事という職業の人が、いったいどんな店を知っているのか、むくむく妄想がわいた。刑事ドラマみたいに、美人女将《おかみ》が経営するこぢんまりとした小料理屋とかに案内されるのだろうか。聞き上手の女将が、ぽつりと深い人生訓なんかもらしたりするのだろうか。

ところが、豈図《あにはか》らんやである。

白井が行った先はカラオケボックスで、そこでは事件や事故の話などせず、祖母のイタコの仕事についてもひとこともいわず、てんでに歌いに歌った。ふにゃふにゃの笑い方をする白井は、意外にも随分と歌が上手《うま》かった。

（楽しいな）

朝倉美優や庄司紗香のことが頭をかすめ、罪悪感がわいた。

それを無理に押しやって、ZARDの『負けないで』を歌った。前にこの歌を歌ったのは、いつだったか。前にこの歌をいっしょに歌った相手は、最後に恋した男だった。

第二章

1

月曜日の朝の教室は、またしてもおかしな具合になっていた。

子どもたちの騒ぎ方が、どこかそらぞらしい。薫の到着に気付いて慌ただしく席に着く様子はいつもと同じながら、いやな既視感を覚えた。きょときょとと視線を泳がせ怯《おび》えている子が居るかと思えば、にやにや笑いを隠して俯《うつむ》いている者も居る。笑っているのは、庄司紗香が率いるグループの子どもたちだった。

まさか、また？

そう思って、朝倉美優の席を見やると、ふんわりした猫っ毛をポニーテールに結った美優は、おとなしく自分の席におさまっていた。そこから斜め後ろに視線を移す。廊下側から二列目の一番後ろの席が空いていた。紗香の席だ。

薫の目がそこに定まったのを見てとったのか、紗香の一派である六人の女子たちが、くすくす笑いを始める。薫の胸に暗い記憶がよみがえった。教師になってからの経験ではない。自分が小学生だったころのことだ。

それまでクラスの中心だった子が、ある日を境に皆からいじめられるようになった。積極的にちょっかいを出す子も居たし、そういう子たちに付和雷同《ふわらいどう》で足並みをそろえる子たちも居た。薫は彼女がどうしてクラスの頂点から転落したのか、まったくわからなかった。薫自身、その子を助けようとはしなかった。罪悪感からか、いつまで経《た》っても、その記憶は消えない。転落した同級生を、先頭に立っていじめていたのは、昨日までの取り巻きたちだった。

それと同じことが、今ここで起こっている。そう直感した。だけど、なぜ？

「南《みなみ》さん」

にやついた目が、こちらを見た。

「庄司さんが、どこに居るかわからない？」

「知りませーん」

席を立った南柚香《ゆずか》が一転して真面目《まじめ》な顔でいった。どこかしら、挑むような生意気さがあった。それが、教師という権威への無意識の抵抗だと見てとった。つまり、知りませーんどころか、この子は薫の訊《き》きたいことを全《すべ》て知っているにちがいない。

さりとて、教室は魔女狩り裁判の場ではないから、教師の思い込みで子どもをつるし上げるわけにはいかない。そうはいっても、教師が舐《な》められては子どもたちのためにはならない。

「葛西《かさい》さん、庄司さんの居場所を教えてくれない？」

「さあ」

葛西真子《まこ》は、席を立つのは省略して、けだるさを主張しつつ首を傾《かし》げた。

「伊藤《いとう》さん」

外崎《とのさき》さん、丸本《まるもと》さん、佐藤《さとう》さん——紗香の取り巻きたちは、全員同様の態度をとった。その視線から察するに、新女王は葛西真子のようだった。

美優が何かいいたそうな顔でこちらを見ている。今にも立ち上がろうとするのを目で制して、黒板に白いチョークで「自習」と書いた。

「ドリルの四十五ページをやっていなさい。終わったら、次に進んでること」

「はーい」

「わかりましたー」

「何のドリルですかー」

そんな受け答えを返すうちから、早くも教室は私語でざわめきだしている。

「算数の時間ですから、算数のドリルに決まっているでしょ」

薫はいささか意地悪に、そういった。

「先生が帰って来るまでに四十五ページが終わってない人は、今日の放課後、補習だから」

「えー！」

非難の声を背中で聞きながら、廊下に出る。

向かった先は、体育館の入口わきのトイレだった。

小学生だったころの薫は目の前で起きた下剋上《げこくじょう》の理由がわからなかったが、このたびは何とはなしに察しがついた。それというのも、朝倉美優が無事に席に着いていたからだ。紗香の取り巻きたちは、美優の存在を認めたうえで、紗香をボスの座から引きずり下ろした。――それは文字通り、引きずるような暴力が伴った可能性がある。

おそらく、トリガーとなったのは美優へのいじめだ。

自分たちも手を下した紗香の取り巻きたちは、ボスの不正義に辟易《へきえき》したのかもしれない。美優はどこまでも優しく正しい。紗香はその中に毒を見つけ出そうとして、責め立ててみた。美優の善人面の裏にある悪意を引き出そうとして、いじめた。

しかし、美優はあくまで良い子だった。美優をいじめたこと――いじめに加担したことを、紗香の取り巻きたちは後悔し、そんなことをさせたボスへ反旗をひるがえした。葛西真子たちの心変わりを、薫はそう推察した。

だとしたら、紗香が今居る場所は決まっている。

薫は体育館の入口のわきにある女子トイレに直行した。

そこだけ窓のない廊下の、ほんのりと暗い突き当たりにトイレはある。中に入ると奥が一面の窓になっていて、明るさは回復する。だけど、何とはなしに陰気な感じのする場所だった。代々の在校生が怪談を語り継いでいるのは、ここではなかったろうか。だから、朝倉美優を見つけたとき、校務員の村野さんもおっかなびっくりだったらしい。

果たして、現場はそのときと同じ様子になっていた。

つや消しタイルの床には水が大量にこぼれ、それは一番奥の個室から中央にある排水口へと流れ込んでいた。ドアの把手《とって》に閂《かんぬき》のようにモップの柄が渡してあった。それを取り除《の》けてドアを開けると、思った通りに紗香が居た。

ずぶ濡《ぬ》れになって、顔を真っ赤にして涙を流していたが、泣き声はもちろんのこと、助けが来たというのに声もたてなかった。

＊

紗香を保健室に連れて行き、体を拭《ふ》いて着替えさせると、葛西真子たち六人を呼び出した。同じ保健室にだ。

はなはだしくまちがった形とはいえ、自分たちの非を認めて軌道修正しようとするだけの力がある真子たちに、正面から向き合おうと考えたのだ。

紗香に制裁を加えた真子たちの動機は、薫が察したとおりだった。

そのことを説明すると、薫よりも養護教諭の工藤先生の方が、柔和で適切な言葉を使って真子たちを諭《さと》してくれた。良くも悪くも他人の意見を容《い》れるタイプである彼女たちは、結局は泣きながら紗香に謝った。紗香は白くなった顔をチクリとゆがめただけで、一言も発しなかった。

(こっちは、一筋縄ではいかないか……)

薫は困った顔で紗香を見る。この態度を受けて、真子たちによるいじめが続くのではないか案じたのである。今のところそうした気配は見せずに、六人の女子児童たちは、殊勝にうなだれている。この子たちが、紗香の悪意を見限って美優の優しさを尊いと感じたのならば、今後こんな過激な騒ぎを起こす可能性は低い。さりとて、紗香が孤立することは避けられないように思えた。

真子たちを教室に帰すと、紗香はいっぱしの悪漢のように鼻先で笑った。

「馬っ鹿みたい。雑魚《ざこ》は雑魚でつるんでろっつーの」

だれにいうともなく、そんな憎まれ口をたたく。

「だれが雑魚なの？」

まちがいを正すというよりも、売られた喧嘩《けんか》を買うような気持ちで訊いた。

紗香はあごをツンと上げて、答える。

「今のやつらよ」

仲たがいした以上、名前を呼ぶのもいやであるらしい。薫はため息をつきたかった。真子たちは美優をいじめたことを反省し、紗香に制裁を加えたことを反省した。だけど、紗香一人はどうしても自分以外の者を認めようとしない。

「おかあさんとお話ししなくちゃね」

薫がそういうと、紗香の平気そうな横顔がわずかに引きつった。この子の問題の根っこは、やはり家庭にあると薫は感じた。

＊

今日の夕方に家庭訪問に行きたいと告げると、庄司敏子はしぶしぶながら承諾した。ハローワークに行かなくてはいけないのに。人と会う約束があるのに。そういって、敏子はひどく不服そうだ。

電話を切ると、となりのデスクの宮本先生が身を乗り出してきた。

「庄司紗香の家庭訪問ですか？」

「はい――まあ」

気が重い。母親に会ったら、今朝、紗香が受けたいじめのことを説明しないわけにはいかない。そもそも、その相談のための家庭訪問なのだから。しかし、娘が母親似だとしたら、どんな反応が返って来るのか、想像するだけで頭が痛くなった。いや、想像もつかないというのが、正直なところだ。

「葛西真子たちを訴えるなんて、いいだしたらと思うと――」

そもそも、朝倉美優に同じことをしたのが紗香なのだ。それを踏まえたら、どの口がいうかと指摘したいところだが、そんな理屈が通用しない相手であるような気がする。

「それは、モンスターペアレントっていうのかしら」

宮本先生は、口をへの字に曲げてみせた。歩く〈保護者名簿〉として、彼女には庄司敏子について思うところがあるらしい。

「庄司さんはシングルマザーでしたよね」

「はい、そうです」

薫は神妙に答えた。

「彼女にお付き合いしている彼氏さんが居るらしいのよ。庄司さんはその人に夢中で、紗香さんのことは、放《ほ》ったらかしなの」

「ネグレクトってことですか？」

「そういうタイプのモンスターペアレントも、居るわけよね。極端な親馬鹿とは正反対の、育児放棄の親だって、立派にモンスターですよ」

「そっちですか――なるほど」

家庭訪問をすっぽかされたのは、そういう理由か。思い返せば、庄司敏子が薫たちの祖母を訪ねたのは、結婚を前にして田澤昭介の幽霊にうろついてほしくないからだといっていた。――そう聞いたときから、およそ現実離れした依頼だと思っていたが、恋人を最優先させたいというのは揺るぎない現実のようだ。

（おばあちゃん、庄司さんの依頼はあたしの仕事に関係してるっていってたけど）

庄司紗香の母親が、娘も幽霊も放り出して恋人に夢中だということは了解した。

（幽霊はともかく）

わが子をないがしろにしてまで、恋愛にのめり込むような母親に、恋愛になど興味を持てない薫は嫌悪に近い気持ちがわいてくる。紗香の問題行動は、そこに端を発し

ている と考えるのが妥当だ。

母親の恋愛を壊す？　そんな乱暴なことは、不可能である。

母親の性根を直す？　恋愛を壊すより難しそうだ。

薫はうで組みをして、深くため息をついた。

宮本先生のおかげで問題の本質はつかめたが、どうすればいいのか見当もつかない。

2

庄司家は古い一戸建てである。広い前庭は茂り放題の雑草に除草剤を撒《ま》いたらしく、無残な感じの枯れ野原になっていた。放《ほう》り出されているのは、一人娘だけではないらしい。この様子なら、家の中の状態も想像がつく。

ドアホンを押した。

こげ茶色の箱型のスピーカーから「だれ？」という怒ったような声が聞こえてきた。

「滝野目《たきのめ》小学校の石戸谷です」

――あー。

スピーカーは、庄司敏子の飾らない声を届けてよこす。

——悪いんだけどさ、先生、今日、ちょっと用事があるから、別な日にしてくんない？

「はい？」

——だから、今日はこれから出掛けるの。こっちにも都合があるんだから、察しなさいよ。先生のくせして、頭悪いわけ、あんた？

「え？」

いろいろと悪い想像をしたが、それ以上だ。薫は、紗香の母親の態度がここまでひどいとは、まったく想像していなかった。

たじろいでいる目の前で、ドアが乱暴に開く。

花柄のプリントの短いワンピースを着た庄司敏子らしい女性が、玄関の暗がりから勢いよく出て来た。授業参観にもＰＴＡの集まりにも保護者会にも来たことのない紗香の母親と、実際に会ったのは初めてだった。薫自身より四歳年上の彼女は、化粧と服装で四歳ほど年下に見えた。顔立ちの整ったきれいな人である。

「へえ？　あんたが、先生？」

庄司敏子は視線を上げ下げして薫を見ると、肩を押すようにしてその場から退かせた。枯草の茂みになっている前庭の、踏み固められたけもの道のような通路に踏み出すためだ。

　そこまで徹底的に無礼な態度をとられると、薫も破れかぶれの気になる。すれちがいざまに相手の二の腕をつかんで、止めた。

「紗香さんのことでお話があります。お時間を取っていただいたはずですが」

「はあ？　放してよ。こっちはね、失業してんのよ。ハローワークに行かなきゃいけないわけよ。あんたみたいに、安定した職場で給料やボーナスもらえる身分じゃないのよ」

「でも——」

「だいたいさ、あんた、給料もらってるんでしょ？　だったら、子どものことは親まかせにしないで、ちゃんと働きなさいよ。だれのおかげで飯食っていけてると思ってるわけ？　うちらみたいな親が子どもを学校に行かしてやってるから、給料をもらえているんでしょうが？　それなのに、また親に頼ろうとするわけ？　この、怠《なま》け者！　あたしは、これからハローワークに行くんだよ！　そこをどけよ！」

　思い切り肩を押されて、枯草の上に尻餅《しりもち》をついた。

　唖然《あぜん》として、開いた口で呼吸をした。あまりに驚いて、言葉が出てこなかったのが幸いだった。敏子の服装はハローワークに仕事探しに行くようには見えなかったし、行ったとしても外出の本来の目的は恋人に会うためにちがいない。

そういってやろうにも、ただ口がぱくぱく動くだけだった。

そんな薫の姿が滑稽《こっけい》だったのだろう。敏子は声を出して笑うと、細いヒールで街路に駆けだして行った。

気配がして顔を上げると、玄関のドアを半ば開けて、紗香が立っている。困惑と敵意の混じった目で、こちらを見下ろしていた。

「庄司さん、あのね――」

薫がそういいかけると、紗香はすばやくドアに鍵《かぎ》を掛けて、母親とは逆方向に駆けだして行く。

「庄司さん――待ちなさい――庄司さん」

呼び止めて、何を話していいのやら自分でもわかっていなかった。ただ、紗香が直面している問題が、思っていたより大きいことだけはわかった。

「困った……」

枯草の上に座り込んだまま、そう声に出して空を仰ぐ。

そのとき、庄司家の二階の窓が見えた。

母子家庭である庄司家の、母親と一人娘が出て行った家の二階の窓に、はっきりと男の姿が見えた。窓辺に立つその男は、二十代半ばほどの若さに見えた。グレーのスーツを着ている。髪の毛は非常に短く、ほとんど坊主頭に近い。薬店の前に飾られているカエルのケロちゃんとか、不二家《ふじや》のペコちゃんみたいなくるりとした双眸《そうぼう》で薫を見てから、そそくさと窓から離れた。

（泥棒……？）

敏子の装いからして、恋人とはこれから外で会うのだろうから、家に居たあの坊主頭の男が当の恋人であるはずがない。さっきの出来事はちょっとした修羅場だったけど、紗香がとっさに玄関の鍵を掛けて出て行ったのは、中が無人になるからではないのか。

つまり――やっぱり、今、見た男は泥棒だ。

薫は人影が隠れてしまった窓を見上げ、頭を掻《か》き、スマホを取り出すと一一〇番に掛けようとしてためらい、合コンで会った白井と連絡先を交換したことを思い出した。

白井とはすぐに通話がつながった。

――どうしましたか？

薫が泥棒と遭遇したことを話すと、親し気な白井の声が緊張した響きを帯びた。

――すぐに、警察官を向かわせます。おれも行きますけど、薫さんはそこを離れてください。

「は……はい」

通話を終えると、すぐに庄司敏子に掛けた。

——しつこいなあ、先生。うるさいから、もう掛けてこないでくれる？

怒り始めた敏子に、薫は白井にいったのと同じことを告げる。

——いやだ、うそ！

敏子はショックを受けた声でそういうと、早口でまくし立てた。

——先生、そこから絶対に動かないでくださいね。見張っててよ！　警察に電話したら、すぐに帰るから！

「警察には——連絡しました」

そういうと、返事もなく電話が切れた。

薫はもう一度、窓を仰ぎ見る。今度は問題の男が窓際を横切ってカーテンを揺らして、また部屋の奥に消えた。

白井には離れろといわれたが、薫は意を決してそこで見張りをすることにした。敏子に居ろといわれた以上、ここから逃げて泥棒の被害など出た日には、もう二度と話を聞いてはもらえないだろう。これは、媚《こ》びなのだろうかと、薫は自問した。昨日まで葛西真子たちが紗香に対して持っていたような気持ちなのだろうか。

（いいや、面倒くさい）

媚びでも蛮勇《ばんゆう》でも馬鹿正直でも、逃げるという選択肢はないような気がする。いざとなったら……。そう思って枯草だらけの庭を見渡し、武器になりそうなものが何もないので、右足のパンプスを脱いだ。つま先の部分を持ってヒールを振りかざしたら、そこそこ怖いような気がする。

そんな格好で警察の到着を待ったのは、十分ほどだった。

軽自動車のパトロールカーから、二人の制服を着た警察官が出て来る。ほぼ同時に敏子も到着した。彼女は走ってもどったらしく、ひどく息を切らしている。

「だれか出て来た？　逃げてないでしょ？　ちゃんと見張ってた？」

興奮状態でイニシアチブを取ろうとする敏子を落ち着かせて、警察官がドアの鍵を開けさせた。

「家の中を調べて来ます」

「はい――はい、お願いします」

さすがに素直な態度を取る敏子を薫にあずけて、二人の警察官は玄関から屋内に入った。

電話を切ってから、警察官が到着するまでと同じほどの時間が経過したように思う。

制服を着た二人の警察官は、だれをも捕らえずに出て来た。家の中は無人だったと聞いて、敏子は安堵《あんど》の声をもらしてから、急に気付いたようにこちらを睨《にら》んでくる。

「ちょっと――どういうこと?」

「え? でも、確かに居たんです。あの二階の窓から、姿が見えたんです」

薫は敏子と警官たちを交互に見ながら、うろたえた声で訴えた。もしや、押し入れなんかに隠れている? もしや、勝手口から逃げ出した? そう訊くが、人が隠れられそうな場所は全て調べ、窓も勝手口も施錠してあるのを確認したと警官たちはいった。

「ちょっと――どういうこと?」

敏子の顔付きがますます険しくなる。

それを制するように、警官の一人が薫に尋ねた。

「人相などは、わかりますか? 年齢とか、背丈とか」

「背丈は――ここからだと、ちょっとわかんないんですけど、そんなに高くなかった感じです」

二十代半ばの、坊主頭の男だった。グレーのスーツを着ていて、勤め人のように見えた。顔は薬店の前のケロちゃんとか、不二家のペコちゃんに似て、目がくりくりして愛嬌《あいきょう》があった。

薫がそう答えると、敏子が急に黙り込んだ。

警察官は薫の証言をメモして、首を傾げている。

「スーツを着た空き巣というのも、珍しいなあ」

薫はぼそぼそと答え、もう一度、敏子の方を見た。上目遣いで二階の窓を見上げ、泣きそうな顔をしている。

「………」

どうして、急にしおらしくなってしまったのだろう。そう思っていたとき、後ろから肩をたたかれた。驚いて振り返ると、白井が居た。口の端だけで笑って、うなずいている。

「大丈夫でしたか」

「はい――」

薫はきまり悪そうにうなずき、白井にいわれたのに、ここを離れなかったことをどう弁解しようと考える。取り繕うように、咳払《せきばら》いをしてから、先に来た制服の警察官が家の中を調べたことを告げた。

「だれも、居なかったんだそうです。──すみません」

「そうですか」

白井は家捜しをした警察官の方に歩み寄ると、言葉を交わす。その後ろ姿を所在なく眺め、それからすっかり大人しくなってしまった敏子の、化粧していても心持ち白くなったような横顔を見た。

「………」

スマホを取り出して、液晶の上で指を走らせた。

ヒットした文字に触れた。

田澤昭介──画像。

若い男の顔写真が表示された。前に見たのとは別の死亡記事に掲載されていたものだ。

庄司敏子のいう幽霊になって今も彼女から離れないという男性は、坊主頭でくるりとした双眸の、愛嬌のある顔をした若者だった。薫が、無人のはずの庄司家の二階の窓に見た男だ。

3

翌日は全校児童が弁当を持参する「お弁当の日」だった。

これは仕事を持つ保護者には少なからず負担になっているらしいが、それでも子どもたちはめいめいの昼食を持参して、嬉《うれ》しそうに食べている。当然のこと、教師も弁当持参になるわけで、料理があまり得意ではない薫にとっても苦行の日である。給食というのは、おいしいうえに栄養価が高く、バランスもとれている。就職前の健康診断で貧血気味だと指摘されたが、病院の先生は「給食を食べるようになったら、治ります」と保証してくれた。事実、そのとおりになった。

そんなわけで、お弁当の日が何のためにあるのかと、薫は実に後ろ向きな本音をかかえている。保護者と児童の絆《きずな》をふかめるため——それはわかる。ならば、教師の給食だけでも作ってくれ。そんなことをいいだしたら、それこそモンスターティーチャーだろうな。薫は胸の内で自分を笑いながら、教卓のわきにある自分の作業机に座って、持参した弁当を取り出した。

（かずやんは、いいよなあ）

祖母と二人暮らしをしている和子は、日々弁当を作ってもらっている。祖母は高齢のわりにはハイカラな人で、ハンバーグとかパスタとかキッシュとかが得意だ。目が不自由なことを考えれば、その料理の才能は大したものだと思う。惜しいことに、それは薫には遺伝せず、今日の昼食なんかはおにぎりと焼きそばだ。食育なんて、あったものじゃない。

今朝、職員室で宮本先生に弁当の中身を尋ねられ、正直に答えたら呆《あき》れられた。

——炭水化物だけじゃないの。

聞くところによると、炭水化物は太るらしい。炭水化物を食べないというダイエット法まであるらしい。

——石戸谷先生、そんなことも知らなかったの？　呆れた。

呆れられたお弁当を食べようとしたときだ。

おしゃべりに花を咲かせながら自分の弁当を食べる子どもたちの中で、庄司紗香だけがみじろぎもせずに俯いているのが目に入った。机の上には何も載っていない。席が接する子どもたちは、紗香の方は見ずに楽し気な食事を続けている。

薫はまだ食べていない梅干しのおにぎりを置いて、紗香の席まで歩いて行った。

「お弁当、わすれたの？」

「…………」

紗香は同じ姿勢のまま、顔を上げようとしない。

葛西真子たちによるいじめが、まだ続いているのか？

それとも、母親が弁当を持たせなかったのか？

薫は自分の炭水化物だけの弁当を紗香の前に置いた。

「先生、お料理が下手であんまり美味《おい》しくないんだけど、食べてみてくれる？」

それが何かの合図になったのか、子どもたちが次々にこちらを向いた。

「先生、マジ料理下手ー。炭水化物ばっかじゃん」

クラスで一番活発な男子が、取り繕うような大声を出したので、一同はいっせいに笑った。

「庄司さん、これも食べてみて」

朝倉美優がアスパラの肉巻きを自分の弁当箱の蓋《ふた》に載せて、差し出した。おそらく、皆がそうしたいと思っていたのだろう。紗香の周りの子どもたちが、われがちに自分のおかずのおすそ分けを始めた。その中には、葛西真子たちも居た。皆が優しい顔をしている。

これで決定だ。

と、薫は思った。

紗香はいじめられて弁当を隠されたのではない。母親が作ってくれなかったのである。

「…………」

シュウマイ、唐揚げ、酢豚、ミートボール、サンドイッチ、イチゴ、キウイ――。皆から集まったおいしそうなおかずなどを前に、紗香はますます辛《つら》そうな顔で押し黙っている。呼吸が肩を上下させ、両手で机をたたくと立ち上がった。椅子《いす》が後ろに倒れて、ばあんと大きな音が上がる。

「要らない！」

金切り声でそう叫ぶと、紗香は教室の後ろの戸を開け放ち、飛び出して行った。子どもたちは、呆気《あっけ》にとられる。次の瞬間、悲しい顔をする者と、怒りだす者とに分かれた。

「皆、ご飯たべてなさいね。先生、ちょっと見てくるから」

「行かなくていいよ、先生！」

「あんなひねくれ者、ほっとけばいいんだ！」

ひねくれ者か――確かにね。と、薫は思う。保護者との絆を確認するための弁当持参の日に、母親から何も持たされなかったことは、紗香にとって屈辱だった。担任教師が自分の弁当を与えたこと、クラスメートが自分のおかずをおすそ分けしたこと。だれもが善意でしたことが、紗香の屈辱感に拍車をかけた。

だったら、薫とクラスメートたちは、どうすればよかったのか。

たぶん、どうしても駄目だったのだ。

どれだけ迷おうが、どれだけ試そうが、行き止まりは行き止まりなのである。

紗香の保護者が彼女に昼食を作ってくれないかぎり、お弁当の日は屈辱の日になる。

(でもねえ)

恋人に夢中な庄司敏子は、一人娘のことなど眼中にない。そこを正さなくては、紗香は不幸なままだ。紗香が不幸ならば、クラスの子どもたちは安心して過ごせない。他人の痛みは、自分の痛みでもあるからだ。皆、紗香に美味しいと食べてもらいたかったのと同様に、皆、紗香に幸せであってほしい。紗香をひねくれ者と罵《ののし》ったのは、好意を拒絶された無念さゆえのことだ。

紗香は体育館入口わきのトイレに居た。

「どうして、こんななの」

一番奥の、彼女が美優を閉じ込め、彼女自身もかつての仲間たちに閉じ込められた個室の中で、紗香はぽつねんと便座の蓋に腰かけていた。

「あなたは、何も悪くないよ」

そういったら、紗香はぽろぽろと涙をこぼした。

＊

電話の向こうで、庄司敏子は激怒している。

先だっての泥棒騒ぎのことでひとしきり怒鳴られた後、紗香に弁当を持参させなかったことに苦言を呈したら、その百倍の言葉が返ってきた。

——失業してるっていったでしょ！　お弁当の食材なんか、買うお金がないのよ！だいたい、苦しい中から給食費を欠かさず払ってるってのに、どうしてお弁当なんか作らなくちゃなんないのよ！

「しかし、お弁当の日は全校児童が家族の作ったお弁当をいただく、大切な行事で——」

——だったら、先生がお弁当を作ってやりなさいよ！

敏子はひときわ大きくいい放つと、通話を切ってしまった。

となりで聞いていた宮本先生が、茶色の眉墨《まゆずみ》で描いた細い眉毛をぴんと上げた。敏子の声が大きかったから、電話の会話が全て聞こえていたらしいのだ。

「呆れた。庄司さんのお母さん、先週の日曜日、ガーラタウンでデートしてましたよ。ずいぶんとお洒落《しゃれ》して、例の彼氏といっしょにお食事してましたっけ」

「あー」

　薫はがっくりとうなだれた。

　今の彼女なら、子どもを質に入れてでも、恋人とのデート費用を捻出《ねんしゅつ》するだろう。敏子は食材を買うお金が云々《うんぬん》といっていたが、問題はお金よりも手間なのだ。敏子は、おのれの恋愛に関すること以外、指一本動かす手間も惜しいのである。

　打つ手なしだと思った。

　このまま育児放棄を続けて、児童養護施設に行きつくよりないのか。そんなことを考えたのは、教師になって初めてのことだった。

＊

　カフェの二階席で、向かい合った白井に、薫はぼそぼそと愚痴を語っている。

　愚痴の主人公は、庄司敏子だ。

　コンプライアンスとか、守秘義務という言葉が浮かんだが、庄司母娘《おやこ》の問題は一人で抱えるには重過ぎた。先日の泥棒騒ぎの一件が話題にのぼったのがきっかけで、薫は一切合切洗いざらい、問題の山を吐き出した。

「こんなこと、いったら守秘義務違反ですけどね」

「刑事ですから」

ひとの話を聞くのが仕事だと、白井はいった。

「やるせない人間の現実と向き合うって点では、教師と警察官は似たり寄ったりですね。警察なんてのは、トラブルとか修羅場とか我慢の限界を越えちゃった人と関わる仕事なので、けっこうキツイものがありますよ」

言葉とは逆に、白井はあのふにゃふにゃの笑顔になる。

「ところで、今日、会ってもらったのは、折り入ってお願いがあるからなんです」

「え?」

白井が改まった態度になったので、薫は身構えた。

「お金を貸せとか?」

「いえいえ。結婚詐欺じゃないですから」

ふたたびふにゃふにゃ笑顔になって、白井はアイスコーヒーのストローを動かした。

氷が揺れて、カラカラと音がした。

「薫さん、おれとお付き合いしてくれませんか?」

「お付き合い——というと?」

薫は背筋を伸ばして、まじめな顔になる。

「こうしてお会いしたり——いっしょに食事をしたり——たまに手を握ったり——キスとかセックスとかするわけですか？」

「え？」

今度は白井が背筋を伸ばした。薫のあけすけな言葉に、度胆《どぎも》を抜かれたようだった。

「まあ——そういうこともするかなあ、と……」

「ダメです」

薫は即座にいう。

「実はですね——二十歳《はたち》の誕生日の直前に——」

大学二年生のときだった。

左下腹部がひどく腫《は》れて、内科を受診した。ＭＲＩを撮ったところ、原因は卵巣の腫瘍《しゅよう》だという。産婦人科に行くようにいわれ、行ったら下着を脱いでとんでもない椅子に座れといわれた。両脚を開いて、性器をおっ広《ぴろ》げろというのである。

それだけでもただならぬショックだったのに、卵巣に癌《がん》があった。あれよあれよという間に、入院になり、検査が続き、手術を受けた。転移の危険が高かったため、子宮と両方の卵巣を摘出した。

婦人科の臓器を失うということは、ホルモンのバランスがくずれることに直結していた。

手術した直後に、情緒不安定になり、泣きたくてたまらなくなった。もう、生涯、自分の子どもが持てないことに絶望した。

入院した病院は、少々いいかげんなところがあり、産婦人科の病棟に内科の患者も入院していた。回復室から六床のベッドを置いた大部屋に移され、となりに寝ていたのが内視鏡で胃の手術をした老婦人だった。

——あなたのご両親も、孫の顔が見られないなんてねえ。そんな手術をして、親不孝なことをしたと謝らなくちゃいけませんよ。もう女じゃなくなってしまったんだから。

そういわれた。

その言葉の冷酷さと、しかし事実をいわれていることに、口惜《くや》しくて身が震えた。ナースステーションに駆け込んで、いわれたままの言葉を泣きながら伝えた。病室にもどると同時に数名の看護師たちがとんで来て、毒を吐いた老婦人を、ベッドごとほかの病室に移した。担当医とはちがう、患者を下の名前で呼ぶ陽気な医師が、おそるおそるやって来て、薫の機嫌をとった。

「でも、泣いたのは、そのときだけだったんですよ」

手の指が痛くなってリュウマチみたいな症状が出たり、急にコレステロール値が上がったり、骨密度が下がったりしたが、何より顕著だったのは、セックスを求めなくなったことだ。恋愛に関して、無感動になった。子どもが産めないという事実にも、さほど心が動かなくなった。かつてはときめいて聴いた歌手の歌も、イケメン俳優の名場面も、少しも心が動かなくなった。あの老婦人にいわれたように、薫は女ではなくなってしまったのだ。そう自覚しても、今度は別に悲しくもなかった。毎月の生理でわずらわしい思いをしなくてよくなって、むしろせいせいしたものだった。

当時、薫には交際相手が居た。

彼はとても善良で優しい人だった。手術の前年、そんなことになるなど夢にも思わなかったときに付き合いだして、どちらも生涯一緒に居るものと決めていた。だから、彼は子どもが出来なくても、結婚しようといってくれた。

この人は天使か。

そう思った。

けれど次第に、彼のことは変わらずに好きだが、愛せなくなっていることに気付いた。彼も含めて、この世の男という男にまったく魅力を感じなくなってしまったのだ。

薫の中から、恋愛という要素が消え失《う》せていた。

だから、別れようといい出したのは、薫の方だった。自分はもう、かつての薫の姿をした別のものなのだ。彼と居るのは苦痛ではなかったけれど、恋愛という形で結ばれる関係ではなくなってしまっていた。

「そういうわけで、将来子どもが持てないという大前提がある上に、恋愛ができない女と交際するのは良くありません。そんなわたしが合コンなんかに出たことは、謝ります。ごめんなさい」

「…………」

白井の顔から、表情が消えていた。職業柄動じない人なのだろうに、それでもショックを受けているのは、それほどまでに薫のことを好いていたのだろうか？　恋愛という感覚を失った身では、失恋の痛手を慮《おもんぱか》ることは不可能だった。いや、ほんの二、三度会っただけの相手に、さほどの感情を持つのもおかしい。だとしたら、あの合コンの前に、和子から吹き込まれた情報に誤りがあり、そのことに対して失望しているのかもしれない。

ともあれ、正体を明かした以上、白井の前に長居するのも申し訳なかった。空腹の人の前に、精巧にできた食品サンプルを置くようなものだ。

「じゃあ、これで失礼します。アイスコーヒー、ご馳走《ちそう》になってもいいですよね」

「あ……ああ、はい」

うろたえている白井をその場に残して、店を出た。

不思議なことに、少しだけ悲しかった。

第四章

1

歯ごたえのある焼きそばと、五目の具材が合わさった餡《あん》をかき混ぜながら、和子は祖母の顔を見た。

「ばあちゃん、ビール飲む？」

「もらうかな」

かたわらにあるコップに七割方までビールをそそいで、祖母の手に握らせた。

祖母は一息で飲み干し「なんだべなあ」といった。

「これは、白菜の漬物がら出る汁みたいな味というんだべがなあ」

「もったいないこというなよ。もうあげない」

少しむくれて、無言で焼きそばを食べた。非常に美味だった。まったく目が見えないというのに、数々の美味《おい》しいものを作り出す祖母は、イタコなどしていなくても充分にすごい人物だと思う。

「そういえば、こないだタクシーに指輪の忘れ物があってさ。えっらい高そうなダイヤの指輪だよ。落とした人、困ってるだろうと思ってさ。一応、警察に届けてもらったんだけどさ。あれの一割をもらえたら、かなりな額かもね」

「落とし主は、おそらく見つからねえよ。厄払いにわざと置いて行ったんだべ」

「ええ？」

ならば、その厄はいまもおたふくタクシーの車両にあるということか？

（ヤバイ、ヤバイ）

ヤバイ客というのは、いろいろ乗ってくる。血だらけの客、座席で赤ん坊を産んでしまう客。刑事が乗って来て、前のクルマを追ってくれといわれたこともある。その白井刑事は、薫のことをうまく口説き落とせただろうか。

せっせと焼きそばを口に運んでいると、祖母が訊《き》いてきた。

「和子は、明日も休みだったな。晩ご飯は何が食いたい？」

「晩はいいよ。お昼もいらない。人と会うんだ」

「間宮さんとが？」

「うん――まあね」

間宮から明日会ってほしいと連絡があった。

明日は仕事だからといったら、自分がほかの日では休めないという。相変わらず、わがままな男である。

(あたしは、あいつのどこが好きなんだろうか)

容姿は十人並み。それは、別にかまわない。和子は面食いではないのだ。

それから、頭の回転が速いから、話が面白い。失言をしない。そこは重要だろう。空気の読めない男と、いっしょに過ごすのは苦痛だ。例えば……もしか結婚した後に、薫と同席した場で子どもの話なんかされまくったら、こちらも相手のむこうずねを蹴《け》りまくらねばならない。

医者だから。

(…………)

和子はもぐもぐと口を動かす。美味しく味付けられた中華麺《めん》が胃の中に落ちてゆくのを意識で追う。

イケメンでもない甘ったれたお調子者の間宮を、後生大事にしている理由は、彼が医師だからではないのか。結婚したら、庭付きの一戸建てがすぐに買えて、外車に乗れて、今の仕事を辞めてしまえて、バーゲンなんか関係なく服を買えるからではないのか。

（さもしいな）

間宮に対して愛情はあるのか。すぐに答えられなかった。そもそも、愛情とはなんなのかという自問に、答えはなかなか浮かんでこなかった。

祖母がテレビのリモコンを持ち上げて、器用にチャンネルを変える。

画面が切り替わる瞬間、バラエティ番組の居並ぶタレントたちの中心に、橘《たちばな》龍太《りゅうた》郎《ろう》の姿を認めた。

和子が――成田李衣菜が芸能界を追われる原因となった、大物俳優だ。不倫がバレて炎上したたちまたは、和子にとってまぎれもない地獄だったが、橘龍太郎と居た時間そのものには悪い記憶はない。

愛していたのかもしれない。

同じほどの想《おも》いを、今、間宮に対しても持っているのか。

答えを出せない自分に憤慨して、和子は鼻から太い息をついた。祖母が見えない目を、こちらに向けた。

＊

間宮とは国際ホテルの中華レストランの個室で会った。

(うち、昨日も中華だったんだけどな)

つねに、多くの患者と看護師たちに囲まれている彼は、プライベートのときは寂しい環境が好きだ。冬の海に連れて行ったときなどは、夏の海水浴場で騒ぐ小学生みたいだった。

そんな間宮は、約束の午後一時に四十分遅れてきた。

「外来が混んでてさあ」

間宮は、九割がたデートに遅刻する。そして、決して謝らない。ほかの人に対しても、こうなんだろうか？

「今日、休みじゃなかったんだ？」

「うん？　午後からね。そういわなかったっけか？」

和子は無言で自分の爪《つめ》を見た。ひさしぶりのデートだから、午前中から気合いを入れてネイルサロンに行ってきた。昨夜は顔にパックなんかしてみた。そのことが、なんだか口惜《くや》しくなる。

「さ、食おう、食おう。ていうか、まだ食べ物来てないの？」

「あんたが来なかったからだよ」

和子はにこりともせずにいった。

「え？　なんか怒ってる？」

「別に」

店員を呼んで飲み物を注文した。それを皮切りに料理が次々と運ばれてきた。エビチリを食べていると、間宮がじっと見つめてくる。

「和子ってガサツ系だけど、食べ方が上品だよな」

「ガサツ系ってなんだよ」

「褒《ほ》めたんだって。怒るなよ」

「あっそ」

なぜだか、気持ちがささくれていた。四十分の遅刻のせいだろうか。いつになく、浮かれていた自分を憐《あわ》れんでいるのだろうか。

間宮はいつもどおり、同僚のハプニングを面白おかしく話す。

「大学の同期で、産婦人科で働いている柴田《しばた》ってヤツ、和子も知ってるよな？　柴田産婦人科の息子の」

「ああ、沖館のね」

「産婦人科っていっつも混んでるわけよ。内科も混むけどさ。で、その混んでる産婦人科で、午前中は外来で、午後は普通、手術が二件入ってるのな。午前中の診察が午後まで長引いて、柴田は昼メシ食う暇もなく午後の手術に入ったわけよ。その夜は泊まりでさ、遅くなって急変した患者が、結局亡くなっちゃったりしてさ。家族とか泣き叫ぶしさ、大変だったんだって。それがひと段落したら、今度は産婦のお産が始まっちゃって、これが難産でさあ。次の朝の回診で前の日に手術した患者のところに行ったらさ――」

――先生、大丈夫ですか？

柴田医師はゾンビみたいな顔色をしていた。それで、回復室の患者から、逆に心配されてしまったらしい。

「柴田先生って、こないだ結婚した人だよね」

「うん。嫁さん美人だったな」

間宮と二人、結婚式に招待された。結婚式というのは、どうも苦手である。身ぎれいにしなくてはならないし、そうなるとどうしても封印した成田李衣菜の風貌《ふうぼう》になる。消えた芸能人ここにあり、なんてことがバレでもしたら、非常に面倒くさい。

だから、宝塚の男役のように美青年みたいな格好をして行ったら、よけいに目立った。二次会では女性からも男性からもずいぶんとモテたが、むかしの肩書がバレることはなかった。ちやほやされた分、楽しい思い出になった。

「あのさあ、別れてくんないかなあ」

和子が思い出の中で遊んで油断していたときだ。

間宮は、そんなことをいい出した。

一瞬、言葉の意味が呑《の》み込めなかった。

きれいに付けまつげを盛った目をぱちくりさせて、間宮を見つめた。

さすがにきまり悪かったらしく、間宮は視線をそらす。

「結婚しなきゃいけなくなってさ。これ以上、和子と付き合えなくなったんだ」

「………」

今日、和子に休みを取らせてまで会おうといったのは、そういう用件を伝えるためだったのか。さすがに婚約指輪をもらえるとまでは妄想を逞《たくま》しくしていなかったが、こんな形で破局がやってくるとは思いもしなかった。まったくの、不意打ちである。

「そんな話、わざわざ会ってしなくても、電話だけで良かったのに」

和子はいうと、バッグを持って立ち上がった。

デザートを運んで来た店員が、気づかわし気な視線をよこした。不用意ではあったが、和子は李衣菜だったころの完璧《かんぺき》な作り笑顔を向ける。

「お会計、お願いします。一人分だけ」

「和子、ここはおれが——」

「要らない」

振り返りもせずにいった。

不覚にも手が震えている。不覚にも、鼻の奥がツンと痛くなって、視界がにじむ。

和子はそんな自分が信じられなかった。

(あたしは、この人を愛していたのか)

どうやら、そうだったらしい。

＊

駅前のバス停に向かう途中で、涙が出てとまらなかったので、しばらく頭と顔を冷やすことにした。海の方角に向かって歩く。

通りすがりのスーツケースを引っ張って歩く若い男が、驚いたようにこちらを見ていた。かたわらの手ぶらの男に何かいい、スマホのカメラを向けられる。

(なんのつもりだ)

和子は歩調を速めた。男たちは追いすがるように付いて来たが、しばらくして振り返ると消えていた。

海の景色が眼前に迫り、前方に人が居ないのをいいことに、和子は泣いた。泣きながら、夕食の準備は要らないと祖母にいってしまったことを思い出した。

(ヤッベー。とんかつでも買って帰ろうか)

夕食のことを考えていたら、涙がとまった。間宮と別れたことを知ったら、伯父伯母叔父叔母両親は、何というだろう。いや、それよりも何もいわない祖母の反応の方が、こたえるはずだ。祖母は俗物ではないが、古い人間だ。和子の恋人が〈医者さま〉であることを、いつもそれとなく誇っていた。

気まずい空気の中で、祖母と食卓を囲み、からからに乾いた口でとんかつを食べる自分を想像してみる。

(無理)

スマホを取り出して、薫に電話をした。

授業中だろうから留守電になると思っていたのに、案に相違してつながった。

「えー、授業中じゃないのー?」

思わず頓狂《とんきよう》な声で訊く。

——うん。今、音楽の時間だからね。

音楽の授業は音楽専門の先生が居るらしく、薫は職員室で宿題の採点をしているそうだ。

そういった声に、薫は何かを感じ取ったようだ。一瞬の沈黙の後で「何かあったの?」と訊いてくる。

「あった。後で話す」

──かずやん。あんた、泣いてる?

「泣いて──ないよ」

──ふうん。七時ならいいよ。

薫は本町の居酒屋の名前をいって、通話を切った。これから七時まで、どうやって時間をつぶすか。よっぽど会社に行こうかと思ったけど、そうしたら悪気もなく理由を訊かれるだろう。原別《はらべつ》の祖母の家にもどって、クルマをとって来るのも面倒だった。潮風に背中を向け、とぼとぼと歩き出した。国道沿いの映画館に、和子は初めて入った。

2

「今夜、会える?」

「あー」

薫はいつも、万感の思いを込めてそういう。そして前歯の間から息を吸い「う～ん」とうなった。さっきから、少なくとも六回はそんなことを繰り返している。

和子は居酒屋のカウンターの中に、セブンスターの煙が混じった呼気を放った。

「で、朝倉病院の、院長の娘と結婚するんだって。見合いも済んで、結納も済んで、ダイヤの指輪も渡して、あとは式を挙げるばっかり。――最後の仕上げは、邪魔な元カノと縁を切ることって感じ？」

そんな詳しいことは、間宮は教えてくれなかった。彼の友人の柴田に電話をしたら、まるで待ち構えていたように、ぺらぺらしゃべった。どうやら柴田も、間宮の別れ話劇場では役割が決まっていたらしい。そうとは知らずに、まんまと柴田に電話なんか掛けたのが口惜しい。

「マジ、ムカつく――」

しゃべっているうちに、また泣けてきた。おしぼりで拭《ふ》いていると、薫がバッグからピンクの小紋の手ぬぐいを出して、和子の方に放《ほう》り投げた。

「かずやんはさ、間宮さんと結婚する気だったわけ？」

「え？」

昨夜思い巡らせた、医師の奥さんのバブリーな日常のことが、また頭をよぎった。

なぜか突然、ワイドショーとか週刊誌とかスポーツ新聞のことが思い浮かんだ。

——不倫で消えた元女優、地元でセレブ妻の優雅な生活。

客観的に見て、ひどく感じが悪い。そんな女は地獄に落ちればいいと思う。

いや、そんなことはとっくに考えていたのだ。そんなことにはならないよう、間宮と会っても話が結婚の方に向くのを、極力避けていた。だから、間宮がこちらを脈なしと思うのも無理のないことだった。

恋人が居れば、それでいいと思ってきた。

恋人が夫になることは、現実的ではなかった。

なぜかというに、結婚など他人がするものだからだ。

そんなつもりでいるなら、間宮が「いち抜ける」のも仕方ないではないか。

泣くようなことではない。なのに、どうして泣けるのか。

間宮を愛していたから？

いっしょに居て、面白いだけのあの男を、愛しているなどありえるだろうか？

いや、愛しているからこそ、今日は有休も取ったし、めかしこみもした。

「恋愛ってどんなだったか、もう思い出せないんだ。でもねえ、恋愛している人と切れたら、やっぱ泣けるものなのねえ」

薫は揚げ出し豆腐を食べながらいう。

「美味《うま》いわ、これ」

「…………」

「恋愛って変なものだよね。普通、人間関係って、友情でも親戚《しんせき》づきあいでもさ、イヤになったら自然と疎遠になるだけじゃない？　絶交します、なんてわざわざいって、そこで関係を切ることなんて滅多にないわけでしょ。だけど、恋愛だけは『付き合いましょう』『別れましょう』って、いちいち線引きするのよね」

「……別れること前提の話をするな」

「だって別れたんでしょ？」

薫は無神経ない い方をした。

「別れたくないって、間宮さんに伝えたわけ？」

「そんなの、いえるわけないだろう。あたしにだって、プライドくらいあるよ」

あなたのことが好きですと、伝えないのであれば、修復のしようがない。

しかし、間宮が別の女との結婚を決めてしまった以上、すがり付いてどうなるものでもなかった。それにしても、どうしてこんなに泣けるのだろう。口惜しくて涙が出るのか、それとも悲しいからか、自分でもよくわからなかった。薫のいうように、今までの人間関係が突然に終わってしまったから、その違和感を痛みと感じているだけなのかもしれない。

「揚げ出し豆腐、食べちゃったの?」

「美味しかったよ」

薫は意地悪く、にんまりした。

「あたしね、白井さんにあの話しちゃった」

「え?」

「あたしは、男性を見てもときめかない体質になっちゃったから、お付き合いできませんって」

「じゃあ、白井ちゃん、コクったんだ――」

不幸せな人が、もう一人居る。そう思うと、胸の奥がざわざわした。

「あんたさ、白井さんのこと、けしかけてたでしょ」

「別に――ていうか、白井ちゃん、薫の写真を見て一目ぼれしたから、合コンのセッティングをしたわけよ」

「じゃあ、ほかの公務員と銀行員は、エキストラか?」

「まあ、あの人たちは薫たちとは関係なく楽しんでいたから、いいんじゃない?」

「そっか。わざわざ、ごめんね。——でも、もうそういうこと、しなくていいから」

「…………」

この人は、どうしてこんなに頑固に男を拒むのだろう。和子は、この一歳だけ年上の従姉《いとこ》のことが、不意にひどく疎《うと》ましくなった。今夜、会ってくれといったのは自分だけど、今日最も会いたくない相手だったような気がしてきた。恋愛を拒絶する人に、失恋を嘆いてみても不毛ではないか。

そんな気持ちが伝わったのだろう。薫は何もいわなくなり、スマホをいじり出した。その手が止まって、愕然《がくぜん》とした顔でこちらを見た。

「かずやん、大変」

スマホをこっちに向ける。

見ようとしたら画面が暗くなって、薫は慌てて電源ボタンを押した。明るくなった画面に、和子が映っている。今と同じ服を着て、駅前の歩道を歩いている。それはSNSの投稿で、こんな文章が載っていた。

——成田李衣菜、発見。青森駅前なう。生きてたんかー、この女。面の皮厚くおしゃれしてるわ草
投稿されたのは、五時間前。間宮に別れ話をされて、中華レストランから飛び出し

てきたころだ。その投稿には、おびただしい数の返信が連なっていた。

――泣いてる。また不倫とかしてるのかな草

――こんな人もいたっけね笑

――ビッチ死ね。

――デビュー当時けっこう好きだったんだけど、不倫報道はマジがっかりした。

――青森県人？　故郷の恥ｗｗｗｗ

――過去の遺物、どうでもいいよ。

――成田李衣菜の本名は、成田和子。住所は青森市原別××××××。現在、おたふくタクシーの乗務員として勤務。

――本名は和子っての？　ダサっ。マジうける。

「かずやん、これヤバくない？」

「ヤバイな。住所さらされてるし、おたふくタクシーまでさらされてる」

「削除依頼してみる。あんたもボーッとしてないで、この投稿した人に削除依頼を送りなさい」

薫は顔をこわばらせて、スマホと格闘を始める。

和子はセブンスターに火を点《つ》けた。

「あたし、SNSやってないもん」

「何をのんきな。さっさとアカウント作りな」

「成田李衣菜から直接メッセージ来たら、そのメッセージもさらさない?」

薫が手を止めて、まるで和子が不埒《ふらち》な投稿をした当人みたいに睨《にら》んだ。

「ホラー作家のエッセーで読んだんだけど、著名人への興味本位の書き込みには、その著名人の毅然《きぜん》とした警告が効くらしいよ」

「本当かなあ」

和子はくわえ煙草《タバコ》でスマホを取り出すと、問題のSNSの登録画面を表示させた。

「あたしのメアド、何だったっけな」

「知るか。急げ。削除依頼は時間との勝負だぞ」

薫はSNSの管理会社に削除依頼の手続きをすると、和子のスマホを取り上げて問題の書き込みをした相手に、勝手にメッセージを書き始めた。

「おいおい」

控え目な抗議をしてみたが、薫は受け付けない。

「どうせあんたのことだから『とっとと消さないとぶっ殺すぞ、クソが』とか書く気でしょ」

どうしてこの従姉には、和子の腹の中が読めるのだろう。

「――ただちに違法な書き込みを削除願います。このたび、ご自分のなさったことが、ご自身に降りかかったらどうなるかご想像ください。目には目をといいますね。当方ではしかるべき手順を踏み、そうした処置を取る準備があります――送信、と」

「薫って知能犯っぽいな」

「馬鹿。犯人は向こうでしょ。被害者の意識持ちなさいよ」

緊張して作業したからのどが渇いたのだろう。薫は生ビールを注文して、一気にジョッキの半分を空けた。

「うぃー」

「おっさんか」

二人で顔を見合わせて、大笑いした。間宮のことも、恋愛拒絶の薫の体質も、どうでもいいような気がした。和子の過去の行状が、職場や現住所の情報とともにネットにさらされていることすら、大したことではないように思えていた。

＊

薫の素早い対応が功を奏して、ＳＮＳの問題の書き込みはほどなく削除された。所詮、成田李衣菜は終わってしまった人間なのである。今となっては、炎上する価値もない。そう思うと、逆に寂しい心地がした。

ところが、個人情報をさらされた余波は思ってもいなかった者を連れて来た。

その人は週刊誌に記事を売っているライターで、和子が仕事で留守にしている自宅――祖母の家を訪ねて来た。並木楓《なみきかえで》という、自身がタレントのような名前の若い女だ。

祖母が対応したが、あまりに言葉が訛《なま》っているため、並木はこれといった情報を得ることができずに名刺を置いて退散した。でも、そこでメゲたのでは交通費をかけて青森に来た甲斐《かい》がない。やはりSNSの書き込みで知った、和子の職場に押しかけた。

そのとき、おたふくタクシーの社屋には、配車係の遠藤と事務員のチーちゃんが居た。並木は不用意にも、二人に和子の前身をバラしてしまい、現在の和子の品行についての質問をぶつけた。

「きちんと挨拶《あいさつ》もするし、感じの良い人なんですけどねえ」

チーちゃんは、まるで和子が凶悪犯罪を犯した人のようにいい、自分でもそれに気付いて、キャハハハと笑った。遠藤は並木の質問には応じず「一般人になった人のことについて、何もいうことはないよ」とすげなく沈黙を守ったという。

和子は何も知らず翌朝まで、乗務を続けていた。いつものように、くたくたに疲れて会社にもどると、徹夜で張り込んでいた並木に、ゾンビのように食らいつかれた。

「どうして、タクシードライバーの仕事をしているんですか？」

「今現在、恋人はいますか？」

「橘龍太郎さんに対して、今でも恋愛感情をお持ちですか」

「過去におかしたまちがいについて、どう思っていらっしゃるんでしょうか？　反省はしていますか？」

和子は甲高くて早口な並木の言葉に仏頂面を返し、洗車に向かった。並木は小柄な体を転がすようにして、ぴったりと付いて来た。

「女優という仕事に未練はないんですか？」

「あるわけないっしょ」

干されて消された実力もない新人が、三十歳を間近にして復帰できるほど、女優という業種は人手不足ではないのだ。……なんてことは、いちいちいうまでもない。

「タクシードライバーという仕事を選んだのは、やはり人と接していたいという思いからなんでしょうか？」

今度は人情ネタに落とし込むつもりか？

「SNSに載った写真では、女優時代を彷彿《ほうふつ》とさせるおしゃれな姿でいらっしゃいましたが、ふだんからやはり美しくあるために気を付けていらっしゃるんですか？」

「あのさあ」

和子は水の出ているホースを危なっかしく持って、並木に振り返った。親指をホースの先に当てたら、この女はすぐさま水浸しになる。しかし、並木は怯《ひる》まなかった。大した根性だなあと、和子は感心した。

「むかし、女優になろうとしたことが、そんなに悪いことなのかな。確かに不倫は悪かったね。だから、あたしは制裁を受けて世の中から消えた。その消えた人間をほじくりかえしてなぶり者にすることで、あんたにはどういうメリットがあるのかな? あんたの目的はなんなのかな? あたしが過去を悔いて自殺とかしたら、それでハッピーエンド?」

「そんな……」

並木は初めて引いた。

「五年前、あたしは故郷に逃げ帰った。それをあんたは、追いかけて来て、息の音を止めようとしているわけだ。——だったら、あたしだって……反撃するかもしれない」

親指でホースの口が細くなるように押さえた。

ホースの先端から、水が勢いよく吹き出して、並木の胸の辺りを直撃した。

3

五年二組における庄司紗香の立場は、回復していなかった。

あのお弁当事件の後、クラスの子どもたちは紗香を敬遠した。葛西真子たちも積極的にいじめたりはしなかったが、関係を修復しようとはしなかった。ほかの児童たちが、それに右倣《みぎなら》えみたいな態度を取り始めたのも、悪意があってのことではなかったらしい。彼らは、紗香と再び元どおりに接するのが、きまり悪かったのだろう。それだけのことで、紗香はクラスで孤立してしまった。

薫は活発そうな子どもたちを選び、個別に呼んで、紗香と仲良くしてやってほしいと頼んでみた。どの子も、そのときは「わかりました」というのだが、実際に行動には移さなかった。その子たちが、狡《ずる》いというのではない。紗香の方に、他人を拒絶する敵意の殻が出来ていたのだ。

その敵意に果敢に挑んだのは、彼女にいじめられていた朝倉美優で、しかし撃退された。移動教室や体育のときは、いっしょに行こうと誘い、笑いかけ、掃除の時間になると同じ仕事をしようとした。そんな美優はことごとく撥《は》ねつけられ、ひどい言葉を浴びせられた。「来るな、ブス」とか「ウゼーんだよ、バカ」とか。そんな毒を吐かれるとわかって、わざわざ近付きたがる者はほかに居ない。美優の親切は、結局のところ紗香をますます孤立させる結果になった。――この惨憺《さんたん》たる結果を見て、薫は、これこそが美優の仕返しなのではないかとさえ疑ってみたが、実際にはそんなことはないのだ。美優はあらゆる空気を無視して、暗い穴の中から紗香を引っ張り出そうと懸命だったのである。

暗い穴。

いかにも、紗香は暗い穴から出てこようとしない。

子どもたちに頼るには、そこは暗すぎた。

紗香を囲む闇《やみ》は、クラスメートとの行きちがいとは別のところに端を発している。

それは、最初から祖母にもいわれていたことだ。

田澤昭介が紗香の母親に横恋慕したこと。

田澤昭介が変死したこと。

その場所にいる紗香に向き合うのは、担任である薫の仕事である。

放課後の校庭に一人で居る紗香を見つけたのは、まさに神と仏と先祖の導きだと、まったく信心深くもない薫だが、祖母がいいそうなことを身にしみて思った。

急いで校舎を出て、しかし走ったりしたら警戒させる危険があるので、何気なさを装って近付いて行った。まるで下心のある悪い大人にでもなった気分である。

鉄棒によりかかってうつむいていた紗香は、薫がかたわらに行く前に顔を上げた。広い校庭を突っ切って、学級担任が自分の方に向かって歩いて来る。その姿を認めたら、こちらの意図も悟ったはずだ。逃げられる、と思ったが、意外にも紗香は動かなかった。薫が到着するのを待っているように、ときおりこちらに視線をくれる。

「何の用？」

声が届く場所まで来た薫に、紗香は平素の声でいった。教師に投げる言葉にしては無礼ではあるが、親しみが感じられないでもない。だから、薫は単純に喜んだ。

「先生におうちのことを話してよ」

「なんで？」

今度は拒絶の声。焦り過ぎか？　でも、受け持ちの子ども相手に、腹の探り合いなんてのも世知辛《せちがら》いと思う。

「おかあさんのことで、困ってるでしょう」

地雷を踏むつもりで訊いた。意外にも、紗香は素直に首肯した。

「ママは木浪さんに夢中で、あたしのことは邪魔になったんだ」

「木浪さんというのは、おかあさんの彼氏さん？」

「うん」

紗香は、運動靴のつま先で、乾いた地面に繰り返し弧を描いた。その動作が、途方に暮れていることを示していた。

「田澤さんだったらよかったのになあ」

そういって、紗香は亡くなった田澤昭介について話し始めた。

母親の敏子と同じ会社に勤めていた田澤は、プライベートでも庄司母娘《おやこ》と親しくしていたという。

田澤は茶目っ気のある人で、冗談が好きで、紗香のこともよく笑わせた。

母娘は、よく田澤を加えて三人で、休日を過ごした。バーベキューもしたし、クルマでキャンプ場にも行った。

「田澤さん、馬鹿なんだよ」

いつの間にか、紗香の顔に楽しそうな表情が浮かんでいる。目は遠く、ここではない場所を見ていた。

田澤と庄司敏子が親しくなったのは、本当に馬鹿げた出来事がきっかけだったらしい。

青りんご広告は、古いビルの四階に間借りしていた。南側が駐車場に面していて、駐車場と広い歩道を隔てて高い木が一列に植えられている。したがって、わざわざ見上げなければ人の目も届かない環境なので、静かといえば静かだった。

その南側の外壁の窓下に、平均台くらいの幅のでっぱりがあった。何の理由があったのだろう。

田澤がふざけ半分に、四階の窓から外に出て、そのでっぱりの上に立った。落ちたら、一巻の終わりである。

こういう人のことを、津軽では「もつけ」と呼ぶ。馬鹿なええかっこしいだ。いかにも、田澤は格好付けたかったのである。彼はずっと敏子に好意を持っていて、彼女の注目を浴びたかったのだ。

皆がはらはらしつつも呆《あき》れた目を向ける中、敏子が一番に驚き慌てた。

――お願いだから、やめて。

なんと、涙を流してとめるのだ。

田澤は慌てて事務所の中にもどると、敏子らに平身低頭謝った。二人が急接近したのは、その出来事以来である。窓は田澤にとってキューピッドの役割を果たした。そして、最後にはそこから落ちて亡くなったので、死神にもなったわけだ。

「田澤さんは、会社のお金を盗んで、それを後悔して死んだんだって。ママは、それで田澤さんの悪口をいうんだけど、あたし、そんな話なんか聞きたくなくて——」

「そうね」

確かに、子どもに聞かせるようなことではあるまい。

「田澤さんが死んでから、ママはあたしが田澤さんの話をすると怒るんだ」

その理由がわからないと、紗香はいった。

第五章

1

タクシーの怪談に、こんな話がよくある。

陰のありそうな女性客を乗せる。客のいうとおり、目的地に向かってハンドルを切るのだが、ふと気付いてルームミラーを見ると、リアシートから客の姿が消えている。シートには、ただぐっしょりと水に濡《ぬ》れた跡が……。

和子は、それとそっくりな体験をしてしまった。

駅前で高齢の男性を降ろし、タクシー乗り場の客待ちの列には並ばず、国道方面にもどろうとしたときだ。長い黒髪を垂らした、白いワンピースの、物静かそうな女性を乗せた。今にして思えば、長い黒髪と白いワンピースといったら、現代の幽霊の装束そのものである。

時刻は午後二時。午前二時——草木も眠る丑《うし》三つ時ではないところがミソだ。

その人は、元気のない声で「合浦《がっぽ》公園まで」といった。

合浦公園は明治時代からある古い海浜公園で、桜の名所でもあり、野球場や海水浴場も併設された、地元の人間には馴染《なじ》み深い場所だ。さりとて、今は桜の季節でもなし、運動会や野球観戦にしては時間が中途半端だし、見たところ、そんな威勢の良いイベントには似つかわしくない様子の女性である。

花見でも野球観戦でもなしに、わざわざ合浦公園にタクシーで乗り付けるとは、少し奇妙な感じがした。公園前にはバス停があって、さほどの待ち時間もなく市営バスで安く行けるのだ。

新町通りを東の方角に走った。

堤川《つつみがわ》にかかったうとう橋を渡ろうとしたとき、まるで皆既日食にでもなったみたいな暗さを感じた。不審に思って空を見上げ、道行く人の様子を確認し、バックミラーに目をやった。歩行者も、後ろのクルマのドライバーも、平気な顔をしている。

そうしているうちに、自分の視界にも元の明るさがもどった。

これは過労だ。このお客を降ろしたら、コンビニによって甘いものでも買おう。かぼちゃプリン――ブルーベリーヨーグルト――ハーゲンダッツのストロベリー。好物を思い浮かべながら、何気ない調子でリアシートの客に声を掛けた。普段はそんなにお客とおしゃべりはしないが、今の不可解な現象について確認し合いたかったのだ。

「お客さん、今、空が暗く――」

ルームミラーを見やって、そういいかけた。

しかし、リアシートは無人だったのである。

「え？」

一瞬、何が起こったのかわからなかった。警察に電話しようとさえ思い、路肩にクルマを停《と》め、スマホを取り出した。知り合いの白井刑事の顔が浮かんだ。

白井ちゃん、今、タクシーに幽霊を乗せちゃった。

いや、いくら何でもそれはおかしいだろう。

事務所のチーちゃんに、お祓《はら》いの手配をしてもらおう。

いや、お祓いだったら、もっと身近に得意な人が居る。

祖母に電話をした。

――幽霊だって、急いでタクシーさ乗りたいときだってあるべ。いぢいぢ怖がらねえでやれ。

「だって、怖いもん」

――明日、食いてえものあるが?

「おろしハンバーグ」

――よし。

祖母は電話を切ってしまった。それでも、おろしハンバーグなどという日常的な食べ物の名前が、和子に落ち着きを取りもどさせた。それは一種の呪文《じゅもん》だったのかもしれない。

すぐに無線が入って、近くの歯医者に向かった。入れ歯をつくりたてだというおじいさんを乗せて祖母の家近くまで行き、降ろしたところで電話が鳴った。路肩に停車したままで液晶画面を見ると『産婦人科柴田』と表示されている。

しばし首を傾《かし》げ、「ああ」とつぶやいた。間宮と同期の、県立病院の医師だ。

――かずちゃん、知ってる?

電話がつながるなり、そんな風に切り出された。こいつと、そんなに親しかったっけ? なんて思いながら、和子はとりあえず相手の興奮をさますように「もしもし」といった。

――もしもしとか、落ち着いてる場合じゃないよ。間宮が大変なんだよ。

「…………」

和子の顔が、ちくりとゆがんだ。

大変だと？　けっこうじゃないか。あんなヤツ、ハレー彗星《すいせい》にでも当たって死んでしまえ。

――間宮の婚約者がさ、彼氏と逃げたんだってば。

「彼氏って、マミヤじゃなくて？」

――いや、元彼っていうか、本物の彼氏。例のお嬢さんに、好きな人が居たんだって。でも、その彼氏がフリーターなわけ。いや、ひきこもりだったかな？　ともかく、それだとお嬢さんの父親の病院を継げないだろ？　だから、親が絶対に結婚を認めなかったんだって。で、無理に間宮と見合いをさせたのな。間宮ん家、いっちゃなんだけど貧乏じゃん。将来開業するとなったら、親を頼れないし、だったら病院付きの嫁っていいかもって、思ったんじゃないの？　ところが、彼女の方はひきこもりの彼氏とじゃなきゃ結婚しないって思いつめて、二人で逃げちゃったんだな。

「逃げたってどこへ？　見つかったの？」

――一応見つかった。そしたら、親父《おやじ》さんがてのひらを返しちゃってさ、そんなに好きなら仕方ないって、逃げた二人の仲を認めちゃったのよ。つまり、間宮は婚約破棄されて、お払い箱。ひどいだろう。

「へえ」

——だからさ、こういうことかずちゃんに頼めた義理じゃないけど、あいつに声を聞かせてやってくんない？　間宮さあ、かずちゃんと別れたこと、本当に後悔してるんだ。

「悪いけど、お断りします」

——だったら、あいつに何か伝言ないかな？

「死ねっていっといて」

——大人が、そんなこといっちゃ駄目だよ、かずちゃ——。

通話を切って、ついでにスマホの電源も落として「ふんっ！」と盛大に鼻を鳴らした。

いい気味？　それとも、お気の毒？

不思議なことにどちらでもなかった。

——間宮さあ、かずちゃんと別れたこと、本当に後悔してるんだ。

柴田の言葉が、耳の中で反復している。和子はおのれの胸の中に、喜んでいる自分が居るのを発見した。間宮が未練たらしいことをいっているのが、嬉《うれ》しいのだ。もどって来てくれそうな予感に、ときめいているのである。

「馬鹿みたい」

声に出してそういって、クルマのエンジンを掛けた。思い直してスマホの電源を入れ直し、クルマを発進させた。柴田からは、もう掛かってこなかった。いわんや、間宮においてをや。

＊

日付が変わるころ、昼間に考えたコンビニスイーツをまだ買っていなかったことを思い出した。

夜でも明かりの点《とも》っているコンビニというのは、街の灯台だ。コンビニのない時代のタクシードライバーは、ずいぶんと不便だし心細かっただろうと思う。イートインスペースで、おでんとかコーヒーとかのにおいが混ざったコンビニ特有の空気を吸いながら、かぼちゃプリンを食べた。

認めるのは癪《しゃく》だが、少し疲れていた。その原因を自覚するのはもっと癪だが、間宮のことでダメージをくらっていた。もとい、間宮が婚約者に逃げられたということを、心の底で喜んでいる自分を見つけてしまったのだ。それは「ザマアミロ」という心理ではなかった。ひょっとしたら、もう一度こちらを向いてくれるのではないかという期待――そんなさもしい期待を和子は持ってしまったのである。

現に、産婦人科医の柴田からの電話は、明らかにそのことの打診だった。ネットで放言する匿名の人みたいに「死ね」なんていってしまったのは、自分の本音に驚いた反動だ。なんと情けない女になってしまったのだ――と思おうにも、元々、大した女でもなかったわけだし。全国に大勢居たファンという人たちだって、和子の失態を見ててのひらを返した。成田李衣菜のファンだった過去を消したいというのが、彼らのよくいっていた言葉だった。

だが、和子は立ち直って、恋もした。幾人をも見限り見限られ、今回もまたそんな恋の一つが終わっただけだ。飲み屋でナンパされたなんていう、すこぶるテキトーな縁だったのである。今まで続いたのが不思議なくらいだ。こんな修羅場まがいの――ある意味ゴージャスな別れ方まで持っていけたんだから、良い着地点だといえるかもしれない。

かぼちゃプリンを食べ終えて、立ち上がろうとしたとき、ポケットの中でスマホが震えた。覚えのない携帯番号が表示されていた。

とりあえず耳に当てると、覚えのある甲高い早口が鼓膜に突き刺さった。

――夜分おそく、ごめんなさい、李衣菜さん。

和子をかつての芸名で呼ぶ人――東京のライターだ。名前は確か、並木楓とかいった。

「ああ、こんばんは」

――あの、どうしてもお知らせしたいことがありまして。橘龍太郎がドラマの撮影で青森に来ているんです。橘さんが、二時間ドラマの『太っ腹刑事』シリーズで主役の権俵《ごんだわら》警部補を演じているのは、ご存知ですよね。その『津軽温泉郷殺人事件』で、酸ヶ湯温泉でずっとロケをしていたらしいんです。そろそろクランクアップみたいなんですけど、李衣菜さんは会いに行かれますか？

「行くわけないっしょ」

和子は素っ気なくいって、通話を切った。

――青森に来ているんです。

ということは、並木もまだ青森に居るということか。和子のネタなんかで、そんなに幾日も滞在するだけの出張費が出るなんて、ひどく意外だった。

（それより）

橘龍太郎。

時代劇のスーパースター、おばさまたちのアイドル、業界の大立者、成田李衣菜の不倫相手。成田李衣菜が消えた後も、橘龍太郎が陽《ひ》の当たる場所に居続けることができたのは、持って生まれた人徳というか、上りつめていた不動の地位というか、ともかくすごい人物だったからだろう。

祖母がひそかに気を使ってくれて、二人で居るときにテレビ画面に橘龍太郎が出ようものなら、速攻でチャンネルを変えるか電源を落としてしまう。だから、和子はかつての愛人が刑事ドラマにまで活躍の場を広げているとは知らなかった。

(別にいいけどさ)

今の自分は成田李衣菜ではなく、成田和子なのだ。

新進気鋭の女優ではなく、タクシードライバーなのだ。

ネットの炎上も呆気《あっけ》なく鎮火しつつあるし、この平凡な日常はきっと和子が年をとって地元の土になる日まで続く。間宮との恋愛も、その中の一つのささやかな出来事に過ぎない。

(過ぎないわけだよ)

無理にも、そういい聞かせて再び運転席に座った。

その日は四時直前に油川《あぶらかわ》までのお客を拾ってしまい、仕事を終えるのが遅くなった。

事務所にもどると、同じ隔勤のドライバーたちはもう洗車に向かっていて、配車係の遠藤がくたびれた顔でお茶を飲んでいた。

「つかれさま」

とんがった禿頭《とくとう》の遠藤は、和子を見て柔和に笑った。

「つかれましたよ、今日は、マジ」

「だったら、ずいぶん稼いだんでしょう」

「まあね」

和子は、遠藤が淹《い》れてくれたお茶を飲んだ。この人はしみったれなので、お茶っ葉はケチるし、延々と出がらしを替えないので、淹れるお茶はすこぶる不味《まず》い。

「ねえ、遠藤さん」

「なんですか?」

「遠藤さんも、恋愛とかしたことある?」

「そりゃあ、あるよ、ありますよ」

遠藤さんは、ちょっとムキになって答えた。

お茶も飲むし、恋もする。それがどうした。和子はお茶ではなくて、栄養ドリンクを飲めば良かったなあと、少し後悔しながら洗車に向かった。そんな小さな小さな顕微鏡で見なければわからないくらいの、残念なことと、嬉しいこととで、和子の日々は出来上がってゆく。

間宮と出会って、失恋したことも、その一つ。

橘龍太郎と出会って、不倫して、成田李衣菜が芸能界から消えたのも、その一つ。

2

土曜日の夕方、薫は白井と初めて会った店で、しゃれた小さなテーブルを前にしていた。合コン会場になった場所だ。

そこは若い世代をターゲットにした居酒屋で、居酒屋なのにおしゃれだった。レトロフューチャーなデザインのパステル調のネオン飾りが白い壁を照らし、空気みたいに神経に障《さわ》らない音楽が、ふんわりと周囲を満たしている。

唯一の難点は、客がエネルギーのあふれた若者層なので、店の中がうるさいことだ。前に薫たちが陣取っていた中央の大テーブルには、フットサルサークルの元気過ぎる善男善女たちが陣取り、よくしゃべり、よく叫び、ときおり爆音みたいな声を上げて笑っている。

「あれから考えたんです！　おれは、やっぱり薫さんとお付き合いしたい！　薫さんといっしょに人生を歩んでいきたいんです！」

フットサル連に負けないように、白井は大声でいった。……大声でいうようなことでもないが、そうでもしなければ声が全然通らないのだ。

「プロポーズみたいに聞こえますけど！」

薫も負けじと声を張り上げた。隣のテーブルの、妙齢の女性二人連れが、こちらを振り返った。ええい、旅の恥はかき捨てだ。旅ではないけれど。

「プロポーズしてるんです！」

「えええ⁉」

声を限りに驚く。まるでそれに合わせたみたいに、フットサル連は「おおお！」とどよめいている。

「早まったら、いけません！　人類の半分は女性なんですよ！　なのに、どうしてわざわざあたしなんかを選ぶんです？　そんなことをしたら、あなたの子孫がこの世に生まれないんですよ！」

隣のテーブルの二人が、大声でひそひそ話を始めた。どうやら、こちらの会話が筒抜けらしい。当然といえば、当然なのだが。

「薫さんと――おれは、薫さんとずっといっしょに居たい！」

「………………」

八年前に同じことをいった人とは、結局のところ別れた。彼と人生をともにするということは、当時、心地の良い夢だった。母親になる未来を失う。そのことは、細胞レベルで、潜在意識レベルで、薫を打ちのめしていたと思う。そんな大変な時期に、一人で居ずに済んだのだから、彼には今でも感謝している。感謝して相手を思いやれば、薫の答えは自《おの》ずと出た。別れなければいけないということだ。恋をすることを急速に忘れていっていることが、薫を急《せ》かせた。

白井は、あのときの彼と同じくらい本気だ。

だからこそ、別れなければいけないと思う。

この真っ正直な人の遺伝子を、ここで絶えさせてはいけないと思う。

しかし、別れる切れるは、修羅場のときにいう言葉。白井は今、純粋な恋愛感情で盛り上がってしまっているのだから（大声を出さなければ聞こえないという状況も、白井のエンジンを加速させている）、ここはひとまず、話をそらすに限る。

「お店を変えませんか？　ここは、少し賑《にぎ》やかすぎますから！」

「そうですね！」

地下一階の店を出て、エレベーターで地上に上がった。

「いやあ、うるさかったなあ」

「本当にね」

薫たちは顔を見合わせて、くすくすと笑った。

「田澤昭介さんの事件のことで、うちの教え子と話をしたんですよ。ほら、田澤さんが親しくしていた庄司敏子さんのお嬢さん、うちのクラスの子なんで」

「あ、はい」

白井は目をぱちくりさせてうなずいた。――どうやら、話題を変えることに成功したみたいだ。

「青りんご広告の会社が入っていたビルの、四階の窓の外に平均台くらいの幅の、でっぱりがあるんだそうですね。田澤さんは、ふざけてそこに立って、会社の人たちを驚かしていたそうなんです」

「本当ですか？」

白井の顔が、驚きと緊張で引き締まった。真剣な顔をすると、この人はずいぶんと美男子になるなあと、薫は思う。

「もう一度、現場を見てみなくては――。田澤が常習的に、四階の窓外に出てふざけていたのなら……」

「田澤さんは、会社のお金を横領して、自殺したってことになっているんですよね」

傍観者ながら、そこのところが納得できない薫である。

横領して自殺するとは、どうも違和感があるのだ。

「実は、横領した金が田澤の身辺からは見つかっていないんです」

「…………」

薫の頭に、いやな想像が浮かんだ。

田澤は庄司敏子にベタ惚《ぼ》れだった。盗んだ金を敏子にやって、敏子がネコババしたとしたら？　警察が田澤の近辺を捜しても、金が出てこないのではないか？

「手がかりになりそうなことが、一つあるんですよ」

白井は考え、考え、いった。

「青りんご広告の専務という人物が、なかなか因業な性格でね。専務が居なくなると、社員たちはよく彼の悪口をいっていたらしい。ところが、後になって専務がそのときの話の内容を把握しているようなことをいうんだそうです」

地元で随一の進学校を卒業した若い女子社員が、同僚にいった。

――あたしも馬鹿だけどさ、でもA高校に入るには、このあたしが馬鹿の限界だね。あたしより馬鹿は、いくら何でも合格できないよ。だから、専務があそこの同窓生ってのは、絶対にウソだと思うの。

すると、専務はこの女子社員と二人きりで話す機会に、自分はA高校に通っていたと力説し、校歌まで歌って聞かせた。

またべつのとき、社員たちはひそかに退社後に集まってバーベキューを楽しんでいたのだが、後日朝礼のときに専務は唐突なことをいいだした。

——次の土曜日に、わが家の庭でバーベキュー大会を開きます。全員参加するように。各自の負担については、後ほど、総務の方から連絡をさせます。

写真の得意な社員が、同僚たちのスナップ写真を撮って皆にくばったことがあった。鬼の居ぬ間——専務が出張に出かけていたとき、就業時間中にちょっとした息抜きでしたことだ。すると、その一週間ばかり後、専務は一眼レフの立派なカメラを息子から借りて来て、女子社員たちを写し、印刷してくばり出した。

やはり専務が不在のとき、専務の口癖「本音いって」について、社員が茶化して笑った後、しばらくこの口癖は鳴りをひそめた。

盗聴器が仕掛けられているにちがいないと、だれともなくいい出した。やはり、専務の居ぬ間にである。学習していないというのか、実は本気にしていなかったのか、またしても大声でぺちゃくちゃと話した。

その後にひそかに社内の一斉捜索をしたのだが、盗聴器は発見されなかった。そんなものは、ハナからありはしなかったのか、それとも発見をおそれて専務が外したのか。会社が倒産してしまった今でも、元社員たちの間では都市伝説のようにいい交わされている。

「盗聴器を仕掛けるなんて穏やかじゃないですけど、第三者として聞いている分には、無邪気な使い方だと思いますね。もちろん、職員室や教室にそんなものを置かれるなんて、勘弁してほしいですけど」

薫が正直な感想をいった。

「警察でも、現場は調べたんでしょう？」

「ええ。そんなものは見つかりませんでした」

事件からほどなく、青りんご広告は倒産して調度類は全《すべ》て処分された。事務所は現在、空室となっている。もはや見つけ出すのは不可能な状況だが、ともあれ無いものは無い。

「もしも、そういうものが事件当時もどこかに取り付けられていたのなら、田澤昭介の死の真相も明らかになるとは思うのですが。警察官がそんなことをいうのも、虫のいい話ですね」

「防犯カメラが活躍している時代ですから、そういったアイテムがあったのなら、頼りたくなるのは当然のことですよ」

それから二人は別の店に移動することなく、バス通りで別れた。薫が話題を変えるために居酒屋を出たのを、白井も察したのかもしれない。深追いされないことに、安《あん》堵《ど》しつつ、どこかで物足りない気持ちもあった。

「アパートまで送りますよ」

「いいえ、バス停のそばですから大丈夫です」

そんなことをいっている間に、丁度、市営バスが到着した。別れの挨拶《あいさつ》もそこそこに、薫はバスに乗り込む。その背中に、白井が一瞬のためらいの後に問いかける。

「また、会えますよね」

ここで「いいえ」とはいえまい。実際、「いいえ」というような気分ではなかった。

「はい」

薫は振り返ってほほえみ、発車するまで見送る白井に窓から手を振ってみせた。

バスが発車して、暗い風景に目を移す。赤くにじんだ歩行者用信号を、カップルらしい二人連れが並んで待っている。男の方が、すでに赤く点灯されている信号用の押しボタンを、せっせと押していた。

歩道を一人で歩いて来た男が、カップルの後ろで立ち止まる。中肉中背の、背丈のあまり高くない坊主頭の男。そのくるりと可愛《かわい》い目が、走り去ろうとしているバスを見上げた。

窓側の席に座った薫と、目があった。

ぞくりと、腕に寒気が走った。

それは、田澤昭介だった。

すでに亡くなり、しかし庄司敏子の家の二階にも姿を見せた、田澤だった。

（なんで？）

霊魂の存在は信じる。幽霊は居たとてかまわない。……そう思うのは、たぶんにそれが祖母の飯のタネだからという、打算的な理由によるが。さりとて、薫には霊感やらが少しもないのだ。そもそも霊感がどんなものかすら、少しもわからない。従妹の和子は、よく幽霊を見たといってさわいでいるが、気のせいとしか思えない。

それなのに、田澤は薫の前にも出現する。

（なんで？）

田澤に関する怪現象は、薫にも関係あるというのが祖母のいい分だ。

生前の田澤が心を掛けていた庄司母娘《おやこ》の問題が、薫にも彼の姿を見せている。だとしたら、田澤はよっぽど切羽詰まっているにちがいない。

自分の死には、いまだ解明されていない真相があるから？

庄司敏子の恋愛が、恨めしくてならないから？

（なんで？）

3

翌日は日曜日で、薫は残っている仕事を片付けるために学校に出勤した。

朝のニュースでは梅雨明《つゆあ》けを報じていて、アパートの自宅から外に出たとたん、皮膚に刺さるような暑さを感じた。帽子をかぶり直して、駐車場に停めてある1300ccの愛車のドアを開けたとたん、さらなる熱気がたたきつけてくるように感じた。

今年一番の暑さだろう。

急いで窓を全開にして、エアコンを稼働させた。

結局のところ、ようやく一息つけるまで車内の温度が下がったのは、勤務する滝野目小学校の校舎が見えて来たころだった。

職員室にはエアコンが設置されているが、十年ほど前に故障してそれきり放置されている。虫が大の苦手だから、網戸がしまっているのを確認して、窓という窓を全開にした。それでもなかなか風が入ってこない。

真っ先に、水だしの麦茶を作って冷蔵庫に入れた。

（やれやれ）

仕事というヤツは、始めなければ終わらない。そう自分にいい聞かせて、机についた。

書類を広げて、粛々と記入してゆく。

粛々という言葉には、面倒なことを何も考えずに機械的に行うというイメージがある。子どもたちと対峙《たいじ》するとき、教師という仕事は終わらない映画のように、起承転結の繰り返しだが、他方では退屈な書類仕事も多いのである。

遠足や運動会などの行事のための書類を作り、子どもたちの健康状態、出欠の状態をレポートにまとめアンケートに答え、教育委員会へ、文科省へ提出しなければならない。この負担は馬鹿にできない。最悪の場合、子どもたちと向き合う時間が削られる事態になりかねないのだ。

子どもたちと向き合うというのは、授業ばかりではなく、ときには児童の個人的な問題解決、家庭の問題解決にも、主戦力となって参戦することを意味する。

実際にそんな問題が飛び込んで来たのは、データを集計してパソコンに入力し終えたときだった。

職員室の後ろの戸が、静かに開いた。

このところ、田澤昭介の幽霊に付きまとわれていた（と思い込んでいた）から、薫はひどく驚いた。おそるおそる振り返ると、思いがけない者が居た。庄司紗香だ。

薫は決して警戒を解かなかったが、その警戒の種類が別のものに変わったために、顔の筋肉は心とは別に働いた。笑顔を作り、落ち着いた目付きと声で、紗香を迎えた。

「どうしたの、庄司さん？」

上々の問いかけだった。それが本当に優しく頼りがいのある調子だったので、紗香の緊張の糸が切れたらしい。紗香は入口にたたずんだまま、顔をぐしゃぐしゃにゆがませ、声を出して泣きだした。

この子に、何かとんでもないことが起きた。

そう察すると同時に、自分を頼ってここまで来た紗香の気持ちを思うと、胸が締め付けられる気がした。

薫は努めて落ち着いたふうを装って、紗香のかたわらまで行った。

「どうしたの、庄司さん？」

もう一度、同じ言葉で訊《き》いた。

紗香は今度はそれに答えた。涙にくぐもって、その声はひどく聞き取りづらかった。

「ママが、逃げた」

「え？」

　薫は、さすがに面食らう。

　宮本先生にネグレクトの可能性を指摘されていた庄司敏子だが、まさか本当に子どもを捨ててしまうとは。

「どういうこと？　詳しくお話ししてくれる？」

「ママが、木浪さんとかけおちしたの」

　木浪羊太と庄司敏子の付き合いは、数年前からだという。田澤の恋は横恋慕だった。

「あたしは、田澤さんの方がずっと好きだった――」

　紗香は涙でつぶれた低い声で、うらめしそうにいう。

　木浪は紗香を可愛がらなかった。結婚することを望んでいた敏子は、紗香をよく木浪とのデートに同行させたが、木浪はあからさまに紗香を無視した。敏子に向かっては、二人で会うときは子どもを連れてくるなと頼んだらしい。だんだんと、紗香が木浪の前に連れ出される機会が減った。それと足並みをそろえるようにして、紗香に対する敏子の態度が冷たくなった。

　敏子は、子ども嫌いの木浪に迎合していたのである。恋人の気を引こうとするあまり、心底からわが子を疎《うと》んじ始めた。

「木浪さんは、田澤さんの悪口も平気でいうんだ」

「三人は知り合いだったの？」

薫は驚いて訊いたが、子どもに問うにはいささかエグい話だ。

「木浪さん、ママの会社に来てた人だから」

木浪の職業はフリーのウェブデザイナーである。

敏子たちが勤める青りんご広告が会社のウェブサイトを立ち上げることになり、格安だった木浪に依頼した。

写真撮影から、取材、文章起こし、そしてウェブサイトの作成、サーバ周りの作業まで、木浪は一人でこなす。それゆえ、ウェブサイトが完成するまでは、頻繁に青りんご広告にも出入りしていた。敏子と知り合ったのも、それが縁である。田澤とも顔見知りになった。

「田澤さんのこと、空気読まないとか、わきががくさいとか、ボロクソにいってた」

子どもの居る前で、だれかをボロクソにいうとは、その点だけでも木浪という人物はあまり褒《ほ》められた大人ではないようだ。

「おかあさんは、いつ居なくなったの？」

「一週間前。先週の日曜日」

「ええ？」

そんなにも長い間、この子は一人きりで居たというのか。

薫はショックを受け、思わず紗香の手を強く握った。

「先生がおかあさんを見つけてあげます」

「でも――」

紗香は口ごもり、暗い顔をした。母親が帰って来ても、問題は解決しない。そう思っているのが、まっすぐに伝わってきた。

薫は白井に電話を掛けた。

用件を伝えると、すぐに担当部署の人間を連れて行くので、庄司家で待機していてほしいと告げられた。

――居なくなったおかあさんの写真を用意しておいてください。交通機関やタクシー会社にも連絡を入れて、それらしい人を乗せたら報告を入れてもらいます。

机の上を急いで片付けると、紗香を連れて庄司家に向かった。

白井と制服の警察官二名が、薫たちの到着から五分ほど遅れてやって来た。敏子の写真をスマホで撮って、居なくなったときの状況を紗香から聞き取る。先週の日曜日、敏子はいつものように出かけた。

「いつものように、というと?」

「いつも、木浪さんとデートするときみたいに」

木浪の連絡先は家の中からは出てこなくて、木浪が個人事業者としてやっているウェブデザイナーのホームページから住所と電話番号を見つけた。電話番号は固定電話と携帯電話の両方が記載されていたが、どちらもつながらなかった。

「この子の身寄りに心当たりはありますか?」

「わたしが、責任をもっておあずかりします。ですから、何かわかったら、連絡はわたしの方にお願いします」

「わかりました」

白井は思案顔でうなずき、同僚たちとともに帰って行く。

薫は紗香に向き直った。

「じゃあ、先生の家に行こうか。狭いアパートだけど」

紗香はどんよりとした表情でついて来た。

＊

好きなものを作ってやるといったら、紗香は焼き魚と煮しめと答えた。ずいぶんとしぶいものが好きな子どもだ。

「おばあちゃんの作るご飯は、そんな感じだった」

祖母が居るなら、連絡をとった方がいい。そう思って訊いたら、祖父母はもう亡くなっているという。母親は一人っ子だったそうだ。その母親に捨てられたなら、紗香はまったくのひとりぼっちだ。自分の子どもでも、よその子どもでも、およそ一人で生きられない者を、一週間も放《ほ》っぽり出して平気でいられる心理が理解できなかった。

「先生さあ、病気でお腹《なか》を手術したから、子どもができないんだよね」

狭いキッチンで塩を振った鯵《あじ》を焼きながら、薫は紗香に話しかけた。

紗香は器用に人参《にんじん》の皮をむいている。

「だから、子どもが居るってこんな感じかなーって、庄司さんを見てると思っちゃう」

それは、正直な気持ちだった。自分の住まいに子どもが居るというのは、なかなか愉快で刺激的だった。

「…………」

紗香は暗い顔で、もくもくと手伝っている。茄子《なす》に器用に切れ目を入れてから、不意に手を止めた。

「ママなんか、死ねばいい」

「え」

とっさに、そんなことというものじゃないとは、言葉にできなかった。

紗香は傷口から血をほとばしらせるように、多弁になる。

父親はひどい酒飲みで、妻子に暴力をふるった。酒のせいで健康がすぐれず、仕事に就けないために鬱憤《うっぷん》が溜《た》まって、ますます飲んだ。敏子の収入は夫の飲む酒に変わった。酔えば理性が完全に飛んでしまい、唯一の稼ぎ手である妻への引け目から暴力に拍車がかかる。

母が殴られるのを見ながら、紗香は父親が早く死んでくれればいいと本気で願った。そのころの母は優しかった。紗香は「ママの一番大切なもの」だったのだ。紗香も、一生母と二人だけで生きてゆきたいと思った。

「ママには一番しかないんだ」

夫と縁を切った敏子は、優しいママから普通のママに変わっていった。木浪という恋人ができてから、敏子はいじわるで無神経で無関心なママになった。紗香にとって、ママが優しかったのは、父親がいなくなってからは田澤と三人で居たときだけだった。

「ママは一番大事な人しか、目に入らないの」

木浪という「一番大事な人」が出来て以来、紗香は「どうでもいい存在」となった。

いや、ちがう。どうでもいいなんて、なまやさしいものじゃない。敏子にとって「一番大事な人」以外は、敵なのだ。木浪と二人きりになるのに邪魔な紗香は、敏子にとって最悪の敵なのである。

「ママなんか、死ねばいいんだ」

紗香はそう繰り返す。

「あたしはいつも――」

紗香はいつも、家族の死を願っている。父親が居たときは父親に、母親に疎外されるようになってからは母親に、死んでほしいと願っている。

そのことを責められるだろうか？

薫は自問する。

親の義務を果たさず暴力をふるう父親が、この世から消えることを願うのは、悪い子か？

自分の恋愛のために子育てをおろそかにして、とうとう投げ出してしまった母に、死ねと願うことを、たしなめられるか？

願うしかできない紗香から、その願いまで取り上げるのは、正しいのか？

けれど、子どもが親の死を願うことが正しいわけはない。

紗香が置かれた今の環境は、絶対に正しくない。

テーブルの上で、スマホが鳴りだした。持ち上げて見ると、和子からだった。

——もしもし。ガサエビ貰《もら》ったんだけどさ、食べに来ない？

「ガサエビ……」

一般的にいうクロザコエビのことではなく、この辺りではシャコをそう呼ぶ。丸ごと何匹も大きな鍋《なべ》に入れて、うすい醬油味《しょうゆあじ》で煮る。とても美味だが、姿の不気味さがひととおりではない。

「あー」

薫は残念そうにうなった。

「今日はお客さんが居て、行かれないわ。あんたと、おばあちゃんとで食べてよ」

——ふうん、わかった。じゃあね。

だれが居るのかと訊かれるかと思ったのに、あっさりと通話が切れた。

薫は気を取り直して、笑顔を作ると、魚焼きグリルからほどよく焼けた鰺を取り出した。

（うちも、ガサエビにすればよかったかな）

古代生物のように不気味な姿を思い出して、少しおかしくなる。きっと紗香は怖がってドン引きしただろう。それとも、祖母が存命だったころなどは、食べていたのだろうか。紗香の祖母がまだ生きていたら、彼女は今日みたいな思いをせずに済んだだろうか。

問いは次から次へと出てくるが、答えはさっぱり見つからない。

＊

「薫は来ないってさ。家に彼氏が来ているみたい」

和子がそういうと、祖母は器用にガサエビの殻を剝《む》き、その指をぺろりとなめた。

「彼氏でねえべさ。薫の客は、例の問題児の教え子だ」

「なんで、わかるの」

祖母があまりに当然のことのようにいうのが、なんだかおかしかった。

しかし、祖母は何でもないように答える。

「ばっちゃは千里眼だ」

「だったら、受験のときにテスト問題を訊けばよかった」

「ばっちゃは、そったら不正さ手は貸さねえ」

それからしばらく、二人は無言でガサエビを剝いた。

やがて皿いっぱいに盛り上げた剝き身を見て、和子は満足そうにニンマリする。剝いた殻と頭の山が、おかしいほど不気味だ。

「ガサエビって美味《おい》しいけど、おかずになんないよね」

「梅干しでもかでで（いっしょに）食《か》ながっ」

「野菜が足りないよ」

「野菜のラタトゥイユば、作ったべな」

「マジ？　どこにあるの？」

和子は台所に走って行き、やがて赤いホーローの鍋を持って来た。

「ところで、薫のアパートに何で問題児が居るのさ」

「田澤さんが、薫ば頼れって童子《わらし》さいったんだびょん」

「田澤さんの幽霊って、今どこに居るわけ？」

「今は薫の近くに居るなあ」

「こわっ……。薫、大丈夫かな」

和子はラタトゥイユを伊万里焼《いまりやき》の皿によそって、祖母の前に置いた。

「もうすぐ、おめのどこさも来るぞ」

「マジ？　やだよ」

「田澤さんは、おっかねえ人でねえからな。協力してやれば、たたることもねえべ」

「幽霊に協力って何さ。お経を読んだりすればいいわけ？」

ガサエビはおかずにならないが、野菜のラタトゥイユもやっぱりご飯に合わなかった。和子は再び台所に駆けていって、シソで巻いた梅干しを持って来る。

「しゃしね（うるさい）なあ」

「田澤さんてさ、人形を割ったりして怖い感じだけど」

「死んだ人も生きている人も、おんなじだ。善人も居れば、悪人も居るでば。田澤さんは、良《い》ぐねえ人でねえ」

祖母は満足そうな顔をして、ガサエビを咀嚼《そしゃく》している。

柔らかい身と、こりこりした卵の噛《か》み心地が、和子の気持ちもなごませた。頭の中では、田澤昭介という人物のことを考えている。会社のお金を盗んで、自殺したとされる人物。泥棒したことを恥じて命を絶つとは、確かに極悪人のすることではないだろうが。さりとて、横恋慕した相手に付きまとったり、供養の花嫁人形を割ったりするのはいかがなものか。

がつり……。

部屋の空気が鳴った。

第六章

1

早めに出社した和子は、まだ暗い無人のロッカー室に異様な気配を感じていた。

いや、異様な気配は昨夜からのものである。

家鳴《やな》りがして、人の気配がする。

しかし、祖母の家には和子と祖母のほかにはだれも居ないはずだし、今、このロッカー室も和子だけだ。

おたふくタクシーのロッカー室は男女兼用で、そのことに普段は文句たらたらの和子だが、今はスケベなおっさんでも、話のくどいじいさんでも、のろけ話しかしない若者でもいいから、だれかそばに居てほしかった。

がつり……。

がつり……。

家鳴りは、あたかも鼓動のように繰り返し響く。耳をふさいで飛び出しそうになったとき、蛍光灯の青白い光に照らされた床に、見慣れないものを見つけた。失《な》くしものを見つけたときのような安堵感《あんどかん》を覚えたのは、家鳴りが急にとまったせいだ。

和子はしゃがみこんで、それを拾った。

USBメモリだった。

シルバーの本体に透明な蓋《ふた》がついた、ごくありふれた製品である。パソコンに縁のなさそうな従業員たちの顔を順繰りに思い浮かべて、和子は首をひねった。たった今まで、家鳴りに怯《おび》えていたことも、なぜかすっかり忘れていた。

＊

無線でいささか奇妙な指示を受けたのは、午後三時を過ぎたころだった。

――成田和子さん、酸ヶ湯温泉から指名入ったよ。

配車係の遠藤の、いたって不明瞭《ふめいりよう》な声が雑音の中から聞こえた。

「了解」

今日はさっぱりお客がなくてどうしたものかと思っていたから、酸ヶ湯などという長距離の仕事は文句なく嬉《うれ》しかった。しかし、名指しで呼ばれたというのは、不可解である。タクシードライバーの給料は歩合制だが、和子は友人や親戚《しんせき》に自分を指名してほしいとねだったことはないし、実際に指名されたこともない。

いったいだれが……と思うと、昨夜からの家鳴りやら、薫や自分の周囲に居るという田澤昭介の幽霊のことが頭に浮かんで、車内のクーラーがいやに寒く感じられる。

ところが、山腹の古い温泉宿で待っていたのは、思いがけない人物だった。

その人は還暦に近い年ごろの、背高で胸板の厚い紳士だった。仕立ての良い背広が似合っているが、この人に最も似合うのは浪人風のちょんまげと、地味でいかにも快活そうな着物と袴《はかま》、そして何百人斬《き》ってもキレ味が落ちない魔法の日本刀だ。

時代劇のスター、橘龍太郎。

このところは『太っ腹刑事』でも、大人気の橘龍太郎。

かつて新人女優との不倫騒動でワイドショーを賑《にぎ》わせた橘龍太郎が、ほほえんで立っている。

五年ぶりの笑顔は、少しも変わっていなかった。

和子は出会い頭にブン殴られたかのように驚き、ショックを受け、このままアクセルを踏んで逃げ去ろうかと思った。……ここでタクシーに逃げられたとて、別のクルマを頼めばいいだけのこと。この人はどうせ、少しも困りはしないのだから。そこまで思い巡らせて初めて、和子はほんの少しだけ落ち着くことができた。

「どうも……」

リアドアを開け、シートに乗り込んでくる橘に、ルームミラー越しに話しかける。

「どちらまで？」

「青森空港まで頼みます」

ドアを閉めると、橘はオヤジらしく「うー」とか「あー」とか唸《うな》りながら、背中と尻《しり》を動かしお気に召したポジションにおさまった。

「なんで？」

ウインカーを出してクルマを発進させると、たまらなくなって訊《き》いた。橘はテレビで見るのと同じ、お茶目な笑い方をする。――もっとも、この人が画面に出ると、祖母が気を使ってチャンネルを変えるし、和子一人のときはテレビを消してしまうのだけど。

「ごめんね。びっくりさせたかな？」

「あー」

和子はいつもの薫みたいな声を上げた。

「週刊誌とか、まだうろちょろしてんですよ。見つかったら、また炎上しちゃうじゃないですか。五年前みたいな騒ぎは、もうゴメンですから」

「見つからないって。世間は広いんだよ。今こうしてるぼくたちのことを見つけるなんて、砂漠で砂粒を見つけるようなもんさ」

橘は窓外の濃い緑を見やってから、和子の横顔に目を移した。

「砂漠で砂粒を見つけるのは簡単でしょう」

「そりゃ、そうだ。一本取られた」

無邪気な爆笑が車内に響く。

「龍ちゃん――」

五年ぶりに、そんな呼び方をした。五年の時間が、一瞬で消えたような気がした。

日本中の人が知っている時代劇のヒーローは、実は自分ではお湯も沸かせない不器用なおじさんで、自分のことを「ぼく」と呼び、生まれ変わったら結婚してと和子に――李衣菜に頼んだ。今の世では結婚できないのかと詰《なじ》ったら、龍ちゃんは全く当然のことのように答えた。

――だって、ぼくにはもう奥さんが居るから。

橘の妻は、大物女優の楠井那津子《くすいなつこ》だ。一人娘の楠井華南《かな》も、二年前の朝ドラのヒロインを演じた人気女優である。その家族を捨てるなど、橘にはとうてい考えられないことだった。つまりは、李衣菜は遊ばれたのかというと――それが、そうでもないらしい。橘龍太郎には、不思議な人徳があった。不倫でも、まあいいかと思わせる、包容力があった。大昔のおじさま方が、平気で二号さんをもっていたころの空気とは、そんな感じだったのだろうか。

しかし、今は大昔ではない。二人の関係が世間にバレたときの騒ぎを思い返せば、まったく迷惑な包容力ではあった。不快に感じないとはいえ、あくまで愛人という立ち位置に満足していた和子は、馬鹿な女の見本であった。世間のバッシングが荒療治になって、和子が女性としてのアイデンティティを取りもどせたといえないこともない。

「今ごろ、どうしたのよ」

「こっちでロケがあったのと同じタイミングで、インターネットにきみの職場の情報が出てたもんだからね。なつかしくてさあ。これは、神さまのお導きだと思ったんだよ」

「ただの、いやな偶然だよ、そんなの」

和子は本当にいやそうにいう。

橘は「う〜ん」とうなった。

「きみに、一度きちんと謝りたかったんだ」

「龍ちゃんが謝る必要ないでしょ。あたしは、あのころだってもう一人前の大人ですから」

「そうはいうけどさ」

不倫騒動で悪のイメージが加わった橘は、それをきっかけにして悪役の仕事もこなし、新境地なんていってもて囃《はや》されたりしている。おかげで、自宅の書斎に飾られた映画賞のトロフィーがザクザク増えた。

片や、成田李衣菜は芸能界から消えた。今でも消息が知られれば、ネットで騒がれるくらい世間から忌《い》み嫌われている。まったく不公平な話なのだ。

「きみがもどって来たいのなら、今度こそぼくは全力でサポートする」

「は、は、は」

和子は笑った。

「別にいいよ」

まったく気がない和子の答えに、橘が落胆したのがわかった。立派な体躯《たいく》を、リアシートの上でもぞもぞさせている。

「龍ちゃんはさ、自分には役者以外に仕事なしって思ってるでしょ」

「そんなことないけど——うん、そうだな。寝ても覚めても、ぼくは役者だ」

「あたしは、そうでもないんだよね。ていうか、そうじゃなくなった」

　有料道路の料金所でクルマを停車させる。

「ごくろうさま」

「ありがとうございます」

　料金を支払って、再びアクセルを踏んだ。

「この仕事、けっこうおもしろいんだ。——あのころはさ、女優以外に自分がしたいことはないと思ってたんだけど、今になって思えば、そんなに頑《かたく》なにならなくてもよかったんだよね。生まれた土地に住んだっていいし、タクシーの運転手をするのも、いい。芝居とも音楽とも関係ない世界で、それを仕事じゃなくて純粋な愉《たの》しみとして受け取るのも、そんなに悪いことじゃないんだよね」

　空港のロータリーを回って、正面口の手前に停車させた。

　橘は趣味の良いカバーを付けたスマホを、こちらに差し出してよこした。

「ねえ、ＬＩＮＥ交換してくれないかな？」

「駄目」

　和子は振り返って、懐しい表情でほほえんだ。

「龍ちゃんは、あたしにとってもう過去の人なの。だから、もう謝らなくていいし、会いに来なくていい」

「なんだ。そうか」

橘はしょんぼりとうなずき、備え付けのカルトンの上に一万円札を置く。

「おつりは、要らないからね」

「いわなくても、わかってる。龍ちゃんは、天下の橘龍太郎だもん」

「うん。そうか」

小さなボストンバッグだけを下げて、橘はクルマを降りた。空港の正面口に向かって歩いて行く後ろ姿に「龍ちゃん」と呼びかける。

「会いに来てくれてありがとうね。ほんの少しは、嬉しかったよ」

橘龍太郎は、無言の笑顔だけで答えた。

その姿が自動ドアの中に消えるまで、和子は運転席から見送った。確かに、橘に気に掛けてもらえて、ほんの少しは嬉しかった。クルマの中という狭い空間で、二人きりになれたのは、かなり嬉しかった。

クルマを発進させようとしたとき、視線に気付いてアクセルから足を離す。

メタリックピンクのスーツケースをかたわらに立てた若い女が、空港の入口からこちらを見ていた。それがだれなのかを見定めて、和子はいやな緊張がのどをせりあがるのを覚えた。――ライターの並木楓が驚いたような顔でこちらを見つめていたのである。

「………」

和子が気付いたと知ると、並木は顔の前で懸命に手を横に振る。同じくらい懸命に、首を横に振っていた。

書きません。

そういう意味なのだろう。

和子はそう了解すると、挨拶《あいさつ》代わりに小さくクラクションを鳴らして、その場から走り去った。

2

因果な日である。

また、奇妙なお客をひろってしまった。

西バイパスから乗って来たそのお客の顔を見覚えていたのは、警察からタクシー会社へ家出人捜索の協力依頼が来ていたからだ。同時に、薫からも万一の可能性を頼りに、同じ人物を見たら教えてほしいといわれていた。

薫の教え子の母親が、わが子を自宅に置き去りにして、恋人とかけおちしてしまった。恋人が、その子どものことを嫌っていたという。

それが、あの割れた花嫁人形騒動の依頼人、庄司敏子その人だった。逃避行の道連れは、木浪羊太という、フリーランスのウェブデザイナーとのことである。

歩道に立って手を振り、和子のタクシーを停《と》めたのは、まぎれもなく庄司敏子だった。和子は歩合制の給料をもらう客商売だから、ひとの顔を覚えるのも仕事の一つなのだ。

一週間以上も子どもを放《ほ》ったらかしにしていた母親は、バカップルよろしくかたわらの男の腕にしなだれ付いていた。男は二人分の荷物を詰めたらしい、大きなスーツケースを持っている。それをトランクに入れるのを手伝いながら、和子はこの二人にどう対処しようかと思案する。突然に説教などしたら、とっとと逃げられそうだ。かといって、いいなりになって目的地に運んだきり解放しては、いかにも能がない。

「駅まで」

庄司敏子は、放《ほう》り投げるようにいうと、リアシートで木浪と小声で冗談をいい合い、いちゃいちゃと顔をくっつけて笑い合う。

カチンときた。

子どもを置き去りにして、この母親は何をやっているんだ。

そう思うと、分別も思案もジュワッと蒸発してしまった。

気が付いたときは、クルマを路肩に停めて怒鳴っていた。

「ちょっと、あんた、子どもを何日も放り出して、いったい何やってんのよ！」

「はあ？」

カップルは一瞬ぽかんと運転席を見つめ、それから庄司敏子が猛然と反撃してきた。

「あんた、何者？　なんで、そんなこと知ってんのよ！　ていうか、子どもをどうとか、そっちに関係ないし！　さっさとクルマを出しなさいよ！　早く駅に行って！　あたしたちは、これから東京に行くんだから！」

「……おい、こら、敏子……」

語るに落ちている恋人を、木浪はおずおずと止めた。

「駅になんか行かないからね！」

「なにそれ、これって拉致《らち》とか誘拐とか？　警察にいうからね！」

敏子がスマホを取り出したので、和子はせせら笑った。

「警察に掛ければ？　あんたたち、育児放棄で指名手配されてんだから」

勢いで、多少、話を盛ってしまった。

敏子はてんで信用しなかったが、木浪の方が警察と聞いて肝をつぶしたようだ。クルマから降りて走り出した。敏子もすぐに後を追おうとしたのだが、クルマを発進させたので出られなくなった。

「停めてよ！　追いかけてよ！　早くして！　停めて！　あの人を追いかけて！」

頭に血がのぼった敏子は、矛盾した要求をいう。

和子はこのまま走り去ろうとも思ったのだが、とっさに、この修羅場を放置してもロクなことはない気がした。つまり、これが事態打開のチャンスのように思えたのだ。打開すべき事態とは、敏子の育児放棄のことだ。

そんなわけで和子は、歩道を逃げる木浪を追いかけ、小路に入ったところを回り込んで急ブレーキをかけた。

タイヤが軋《きし》んで、甲高い音を上げる。

アクロバティックな運転で行く手をふさがれた木浪は、よほど驚いたのだろう。尻《しり》餅《もち》をついて、倒れ込んでしまった。

すかさず敏子が飛び出して、木浪の腕を引っ張る。

「なんで、一人だけで逃げるのよ、馬鹿！　ほら、立って！　いっしょに逃げようよ！」

しかし、木浪は駄々っ子のように起き上がろうとはせず、敏子から目をそらして頑なに地面を見つめている。和子が運転席から降りて近づいたときには、木浪の口から予想外の——いや、実は和子の予想どおりの言葉がこぼれた。

「敏子、別れよう」

「え？　はあ？　何いってんの？」

敏子は笑おうとして失敗し、顔が引きつった。

「前から思ってたんだ。おれたち、合わないと思うんだ。やっぱりさ、別れようよ」

「いやだよ、冗談じゃない！　あたしは、あんたのために、子どもまで捨てたんだよ！」

「それがいやなんだよ！」

木浪は人が変わったように怖い顔になると、立ち上がりざまに叫んだ。

「おれまで、育児放棄の共犯にする気かよ！」

「……羊太？」

「はじめっから、大して好きでもなかったんだよ！　おれは、毎月きちんと給料をもらってくる女といっしょになりたいんだよ！　それが、なんだよ、会社がつぶれた？　ふざけんな！　そんなの反則じゃねえかよ！　おまえ、まさかこのままズルズルと専業主婦なんかする気じゃないよな？　つーか、専業主婦する気だったよな？」

「だって……羊太は自分で会社やっているから社長で……」

「馬鹿か！」

ひときわ大きな声に、通行人まで振り返ってこちらを見ている。

「おれはしがないフリーランスなんだよ！　今年に入って、まだ二十万しか収入がないくらいなんだよ！　仕事をする気もねえ女と結婚なんかできるかよ！　とっとと、クソガキのところに帰れ、クソ女！」

これまでずっと敏子に主導権をにぎられ、優柔不断なままに流されてきたのだろう。一度爆発した木浪羊太は際限なく毒を吐き続ける。

和子は口をゆがめて重たい息を吐くと、タクシーのトランクからスーツケースを取り出した。それを木浪のかたわらに置き、女優時代に一度演じたことのある、怖い姐《あね》御《ご》みたいな声を出した。

「これ持って、とっとと失《う》せな！」

決めゼリフのつもりだったのである。

ところが、スーツケースには敏子の持ち物が半分以上を占めていたらしく、木浪は無情にもその半分以上を路上にぽいぽいと放り出し始めた。

「ちょっと、何やってんのよ！」

女二人は本気であせって抗議したが、木浪は聞く耳をもたない。アスファルトの上に、ごっそりと女物の洋服と下着と化粧品と洗面道具の小山を作ると、爬虫類《はちゅうるい》を思わせる冷淡な笑いを口の端に浮かべた。

「じゃあな」

ごろごろごろ……。

木浪はスーツケースを引きずって歩き出す。

敏子はさっきまでの木浪みたいに、地面に座り込むと、「わあわあ」と声を上げて泣き出した。幼稚園児以下の泣き方である。

なんで、あたしが。

和子は路上に積まれた敏子の荷物をトランクに運ぶ。敏子の持ち物も、敏子自身も、もはやカオスと化していた。生活の苦しいフリーランスの木浪を、敏子が本気で社長と勘ちがいしていたのか、一人娘を捨てれば幸せになれると思っていたのか、木浪が本当に自分を愛していると信じていたのか、それはわからない。いや、敏子自身、それが幻想だとわかっていたような気がする。

スマホを取り出して、薫に電話をした。

庄司敏子を確保したと告げると、薫はひとしきり喜び、和子を褒《ほ》めてから、敏子を彼女の自宅に連れて行ってほしいと頼んでくる。

「オッケー。じゃあ、これから行くね」

通話を切り、まだ泣きじゃくっている敏子を無理矢理リアシートに押し込んだ。

＊

和子からの報《しら》せを受けて、薫が紗香を連れて庄司家で待っていた。薫に頼られてしまった白井も駆けつけて、ちょっとした千客万来の様相を呈したところに、和子が敏子を連れて行く。

一週間ほどとはいうものの、捨てた母親と捨てられた娘が、いったいどんな顔で対面するのか、和子はきまり悪い心地で見守った。対面した二人は互いに視線をそらして、黙っている。

――ママなんか、死ねばいいんだ。

紗香の絞り出すような言葉を、和子は薫から聞いている。紗香は、本人に向かって、もう一度そういうのだろうか。それが聞きたくなくて、和子はその場から逃げる。タクシーのトランクに積み込んだ敏子の家出の荷物を、運び込むのに忙しいふりをした。

「――なにさ――」

敏子がやさぐれた声でいいかけたとき、紗香が笑った。

「ママ、帰って来てくれて、ありがとう」

「え」

大人たちは、皆一様に呆気《あっけ》に取られた。敏子の顔が歪《ゆが》み、金切り声がほとばしり出た。

「何を馬鹿なことをいってんのよ！　あたしは、あんたを捨てたのよ！　恨んでるとか、死ねとかいえばいいじゃないの！」

「そんなこと、いわないよ」

紗香は敏子とは対照的に、とても落ち着いている。

「ママが居なくなって、あたしはママがどんなに大事だったか、よくわかったんだ。ママが居なくて、本当にさびしかったんだよ」

（ああ……）

この子は薫といっしょに居る間に、泣けるだけ泣いて、吐けるだけの毒を吐いてしまい、もはや許す気持ちしか残っていないのかもしれない。きっと敏子以上にカオスだった紗香の心から、そんな気持ちを発掘したのは薫のお手柄だろう。そんな気持ちを勝ち得た紗香は、純粋な良心の持ち主なのだ。問題児として薫を悩ませた子どもの正体は、天使だった。そう思って、和子は呆然《ぼうぜん》と立つ敏子の脇腹《わきばら》に強烈なひじ鉄をくれた。

「ご――ごめんなさい。ママが馬鹿でした」

敏子ががばりと玄関のたたきにひれ伏した。両手と額を――いや顔面を床のタイルにこすりつけて、木浪にフラれたときと同じように「わあわあ」と泣き始める。

「庄司さん」

白井が敏子のかたわらにしゃがみ込んで、肩に触れた。

「あなたがおかあさんなんですから、おかあさんらしくしないと」

「………」

涙とはなみずで汚れた顔が上がる。

薫が急いでハンカチを差し出した。それを受け取った敏子が顔を拭《ぬぐ》うのを見てから、薫は紗香に向き直った。

「じゃあ、大丈夫かな、庄司さん」

「うん」

紗香は素直にうなずいた。その様子があまりに健気《けなげ》なので、和子はうずくまる敏子の後頭部にパンチをお見舞いしたくなるのを、懸命にこらえる。

「では、われわれはおいとましましょう」

白井にうながされて、和子たちは玄関の外に出た。

「今朝ねえ、会社で変なことがあったんだ」

前を行く二人の背中に、和子は無邪気な調子で話しかけた。

「ロッカー室で、ビシバシ家鳴りがするの。まるでポルターガイストのレベルなんだよ」

「和子は、霊感があるんです」

薫が、白井に説明している。和子は超能力者にでもなったかのようで、少し得意な気持ちがした。

「ロッカー室の床にUSBメモリが落ちていてさ、それを見つけたとき、音がピタリと止まったんだよね」

「やだなあ。呪《のろ》いのUSBメモリとか？　ファイルを開いたら死ぬとか？」

薫が眉間《みけん》にしわを寄せている。

「そろそろ暑さも本番だから、そんな怪談もいい感じだなあ」

のんきなことをいうのは、白井である。

「だけど、USBメモリってのは気になるね。かずちゃん、中は見たの？」

「いや、まだだよ。朝だったから、忙しかったしね」

実は、今の今まで、そんなことも忘れていた。橘龍太郎が現れたり、庄司敏子の修羅場に立ち会ったり、まるでドタバタ喜劇のような日だったのである。

3

明け方近くに乗務を終えて会社にもどったのは、いつもより少し早い午前三時半だった。

同僚たちがまだもどって来ていない。

ロッカー室で着替えながら、ふと制服のポケットに手を入れたら、爪《つめ》の先があのUSBメモリに当たった。

――やだなあ。呪いのUSBメモリとか？　ファイルを開いたら死ぬとか？

薫にいわれたことを思い出して、少し怖くなる。取り出してしげしげと見つめ、それを持って事務室に向かった。

「おつかれー、遠藤さん」

無線機の前で、配車係の遠藤が週刊誌をめくっている。

「かずちゃん、早いね」

「今日はくたびれたから、早く帰って来ちゃった」

冷蔵庫を開けて、自分のマグカップに麦茶をそそいだ。

「遠藤さん、パソコン使いたいんだけど」

「チーちゃんの机にあるノートパソコン使ったら？」

「了解。パスワード、知ってる？」

「そういうのは、ないはずだよ」

「ふうん」

事務のチーちゃんの席に座って、ノートパソコンを開いた。電源を入れると、もたもたと起動していたが、パスワード入力画面は立ち上がらないままデスクトップが表示された。

ＵＳＢメモリを差し込むと、中を見てみた。

音声ファイルがひとつだけ納められていた。

「遠藤さん、音、出していい？」

「いいよ。どうせ、さっきから電話も来ないんだから」

遠藤は眠そうな声でいって、自分も湯飲みに麦茶をそそいだ。

音楽プレイヤーのソフトを立ち上げ、ファイル名をダブルクリックした。ノイズばかりがしばらくつづいて、戸を開ける音がした。

——ちょっと、何してんのよ。

突然に、女の声がした。それには、聞き覚えがあった。庄司敏子の声である。それも、かなり興奮している。

——庄司さん、来てくれてありがとう。来てくれると思ってたんだ。

そう答えたのは、男の声だった。こちらは、敏子とうって変わって弾んだ調子だった。

——何を馬鹿やってんのよ。早くこっちに入って来て。落ちたら、どうする気？

リノリウムの床の上でパンプスで足踏みをする音がした。

それで、和子はピンときた。

この音声データの舞台は、倒産した青りんご広告の事務所である。

和子は、薫からその場所について聞き知っていたのだ。薫は庄司紗香から、母親の元の職場のことを聞いていた。そして白井から、青りんご広告には専務が盗聴器を仕掛けていた可能性があると教えられていた。

――お願いだから、窓から中に入って。

花嫁人形を割った田澤昭介は生前、勤務先のビルの四階の窓から出て、外壁のでっぱりの上に乗っておどけてみせていたのだとか。同僚たちに騒がれるのが、愉快だったらしい。まるで、ガキみたいな男だ。中でも、庄司敏子が一番に驚き慌てた。彼女がひとより感情の起伏が大きく、そしてストレスの許容量がかなり小さいのは、和子も昨日の乗務で付き合ったから、よくわかる。

田澤は、敏子の気質を心得ていた。

だからこそ、そんな方法を選んだのである。

そんな方法とは――。

――庄司さんの机の上に、指輪が置いてあるから見てくれ。そう――。

ヒールが床の上を移動する音が、うつろに響く。敏子は相手のいうものを見つけたようだった。

――何よ、これ。

――婚約指輪だよ。それを受け取ってくれ。おれと結婚するといってくれ。じゃなかったら、おれはここから飛び降りる。

——ばっ……！

敏子はうろたえ、悲鳴のような声を上げた。

——馬鹿じゃないの？　何を独りよがりなことしてんのよ！　あたしには、ちゃんと好きな人が居るの！　勝手にこんな指輪とか迷惑だから！　一人で盛り上がって飛び降りるとかいって、最悪にカッコ悪いから！

パンプスが床を蹴《け》る音が遠ざかる。敏子が立ち去ってしまったのだ。

飛び降りる？

田澤昭介の転落死の真相は、失恋ゆえの自殺だったのか？

和子はかたずをのんで、耳に神経を集中させた。

かたかたと、乾いた音がして、ゴム底の靴が床に着地したのがわかった。田澤が窓枠を越えて、事務室の中に入って来た音だ。思わず、止めていた息を吐いた。

（びっくりさせるなよ、この野郎——）

しかし、和子を本当にびっくりさせたのは田澤ではなかったのである。

敏子が去って間もなく、別の人物が入って来た。ドアをばたんと乱暴に閉める音がした。

——え？　なんですか、部長？

田澤が非難がましい声を出す。今の情けないやり取りを聞かれたと思ったらしい。しかし、部長はそんなことは気にしていない様子だった。いや、部長と呼ばれた人物には、田澤が敏子に失恋したことが好都合だったのだ。田澤には、なるたけダメージを受けていてほしかったのである。

――田澤くん、会社のお金を横領するなんて、駄目じゃないですか。

――はあ？

田澤の声に、疑問と憤慨が混ざり合う。

しかし、部長はやっぱりそんなことは気にしていない。じりっと田澤に詰め寄ったのが、音声だけなのになぜかわかった。

懸命に意識を集中させる和子は、そこで一つの疑問に囚《とら》われだす。というのは、田澤が部長と呼ぶ人物の声に、聞き覚えがあるのだ。

（でも、だれだったっけ）

夜中に目覚めて、芸能人の名前なんかをド忘れしたときみたいに、それは頭の奥の方でかくれんぼでもしているみたいに、意識の表面に浮かびそうで浮かばない。

（ああ、もう）

和子がいらつく間にも、音声ファイルの中の時間は過ぎて行く。

田澤はもう首を傾《かし》げてもいないし、怒ってもいなかった。彼は怯えて後ずさった。
田澤が恐怖を感じているのと同様に、和子は部長から発散する殺気に気付く。
――そんな人にはバチが当たるんです。こんな風に。
ゴツリ。
鈍い音がした。
固いもので、骨を砕くような音だ。
続いて、田澤が倒れる。部長の激しい息づかいが響く。
ハア、ハア、ハア、ハア、ハア、ハア、ハア――。
重たいものが壁にこすれ、窓枠の上をすべる。
「かずちゃん……」
遠藤が呼んでいる。和子は眉《まゆ》をしかめて、それを無視した。
「かずちゃん――!」
「遠藤さん、静かに!」
短くいうと、またパソコンの貧弱なスピーカーに耳を傾ける。
遠い場所で、重たいものがたたきつけられる音がした。
部長が田澤を四階の窓から突き落としたのだ。そう気付いたと同時に、スピーカーから流れる雑音混じりの音が停止した。

「かずちゃん、逃げろ！」

遠藤は、いつの間にか立ち上がって切羽詰まった顔でいった。

音声ファイルはもう終わっているのに、同じ呼吸音が背後から聞こえることに気付く。

ハア、ハア、ハア、ハア、ハア、ハア、ハア――。

和子は飛びのくようにして立ち上がった。その勢いでキャスター付きの椅子《いす》が動き、背後に来ていた人物の脚に当たった。

「稲村――さん？」

新人ドライバーの稲村が、あたかも音声ファイルの中の部長のように、殺気をあらわにして和子を睨《にら》んでいる。でも、なぜ？

と、思ったとたんに、その疑問の答えがわかった。

今まで聞いていたのは、稲村の声だったのだ。

稲村と、データに登場した部長は同一人物なのである。

「返してください」

稲村が手を差し出してくるので、和子はパソコンからＵＳＢメモリを抜き取り、机をはさんで反対側に逃げた。

「お願いです。それを、返してください」

稲村は前に勤務していた会社が倒産して、おたふくタクシーに転職した。

青りんご広告は、田澤の死後ほどなく倒産している。

稲村は前職では、総務と営業の両部門で部長を務めていた。

データの中ではあからさまに言葉にはしていなかったが、部長のもくろみはこうだ。

——部長は会社の資金を横領し、その罪を田澤にかぶせるために殺害した。実際に、田澤は死後、その罪を問われている。

稲村がお茶道具を入れた戸棚から果物ナイフを取り出したので、和子は悲鳴を上げた。とりあえず何かしら身を守るものを手探りでさがし、電卓を左手で握る。

（って、こんなもの持ってどうすんのよ！）

それでも相手に投げつけようと左手を振りあげたのとほぼ同時に、仕事を終えて帰社したドライバーたちが、無駄口をたたきあいながら事務所に入って来た。

ドライバーたちと、稲村、和子と遠藤の視線がぶつかり合った。

悲鳴を上げた和子を不思議そうに見てから、稲村の持つナイフに目をとめてドライバーたちは身構える。

稲村は彼らを見て、和子たちを見て、ナイフを振りかざす。

戸口でひとかたまりになったドライバー一同に刃を見せて退かせると、稲村は正面口に向かって突進した。

残された一同は呆気にとられたが、すぐに後を追う。

遠藤が電話に飛びついて、一一〇番に掛けた。

「事件です。従業員が刃物を持って逃げました」

興奮で裏返った遠藤の声を聞きながら、和子も同僚たちの後を追った。

社屋のすぐ前にある駐車場まで出たときには、稲村はすでに自分の車両で逃走した後だった。

第七章

祖母の家に呼ばれて来てみたら、和子と白井が台所の床に座り込んで、みずの皮を剝《む》いていた。夏になるとどこの八百屋にもスーパーにも並ぶお手軽な山菜だ。先端についている葉を捨てて、固い皮を剝《は》ぎ、茎の部分を食べる。昆布出汁《こんぶだし》の塩味のおひたしはなぜか「漬物」と呼ばれ、この地方の郷土料理である。

祖母は流し台でホヤをかっさばいている。

「して、犯人は捕まったんだがして?」

「はい。おたふくタクシーからの通報の五時間後に、稲村は警察に出頭してきました」

「ふん」

ホヤの身を水道水で洗いながら、祖母は呆《あき》れたように鼻をならした。

「馬鹿だ男だじゃ」

田澤昭介が殺害された日は日曜で、青りんご広告は休業日であった。田澤は求婚のために趣向を凝らしたつもりで、敏子を呼び出した。前に窓外の足場に立って敏子から思いがけないほど心配してもらったので、正念場でも同じ手を使おうと企んだのである。

結果は音声データに入っていたとおり、惨敗だった。

その哀れなやり取りは、稲村部長に全《すべ》て聞かれていた。それは、偶然だったという。毎日遅くまで残業し、休日出勤することは、稲村のちょっとした矜持《きょうじ》であった。だから、その日も通常通りに出勤し、たまたま田澤の一世一代のプロポーズと失恋劇を立ち聞きしてしまった。

田澤の殺害を思いついたのは、そのときである。

その時点で、稲村は会社の金に手を付けており、発覚は時間の問題だったのだ。

「青りんご広告は、おっそろしく給料が安かったらしいよ」

前職が薄給だったのは、和子も稲村自身から聞いていた。

部長だった稲村でさえ、手取りは十五万円足らずだった。稲村には四人の子どもが居て、妻は専業主婦である。結婚のときに、そう取り決めていたというのも、惚気《のろけ》まじり愚痴まじりに、おたふくタクシーの歓迎会の席で稲村が自らしゃべっていた。その代わり、結婚以来、妻の実家から稲村の給料以上の仕送りがあったそうである。

ところが、それが途絶えた。義父が亡くなって、跡を継いだ義兄はもはや月々の大枚を払う気などなかったのだ。

幸か不幸か、稲村の長男は優秀で、東京の私立の医大で学んでいる。どうしてもそこに通いたいという長男の夢を握りつぶすことはできなかったのだ。

ともかく、金が足りない。

稲村は借金を重ね、ついには勤務先の金にまで手を付けてしまった。

いったん犯罪に手を染めた身には、殺人のハードルは高くはなかった。とっさに思いついた殺人をためらいもせずに実行に移し、田澤の横領を告白する遺書をねつ造した。

「だけどさあ、なんでわざわざ自分の犯罪の証拠をUSBメモリに移して持ってたの？」

「ゆーえす・びい？」

祖母が怪訝《けげん》そうに訊《き》き返すので、和子がUSBメモリなるものの説明をする。ひととおり聞き終えた祖母は「さっぱど、わげが、わがんねえな」と文句をいった。

「あのUSBメモリは、稲村が頼母《たのも》専務に渡されたものなんだ」

青りんご広告の専務は、やはり噂《うわさ》どおりに社員たちが話す自分の陰口を気にして事務所に盗聴器を仕掛けていた。その中に、たまたま稲村部長の殺人の証拠が録音されていた。

「頼母専務は、稲村を強請《ゆす》っていたんだ」

「そんなにも、お金のない人を？」

もはや、どこに呆れていいのかわからないが、薫は呆れていった。

稲村は頼母専務のことも殺す気でいた。一人殺すも二人殺すも同じという言葉どおりの、ヤケくその決意である。しかし、専務から証拠のコピーとして渡されたＵＳＢメモリを紛失した後は、どうやって自殺しようかということばかり考えていたそうだ。

「それは、和子の拾ったゆーえす・びぃのことだな」

「そうだよ、ばあちゃん」

稲村が逮捕された後で、頼母専務も警察に連行された。証拠を拾って殺人犯の逮捕に協力した和子が警察署に呼ばれて表彰されたのは、昨日のことだ。

「大したもんだなあ、和子や」

祖母が褒《ほ》める。

薫は剝き終えたみずを運んで、塩を加えた昆布出汁の中に投じた。

玄関の引き戸が開く音がして「毎度さまです」と呼ばわる若い男の声がした。

「かずやん、ちょっと出て。これ煮すぎるとまずくなるから」

「はいはい」

鍋《なべ》に入れるとすぐに、みずは赤やくすんだ緑色から、新緑のような美しい緑色に変わる。一煮立ちさせて菜箸《さいばし》でかき混ぜてから火を止めた。このまま冷やすと「漬物」が出来上がる。薫はこれを食べるたびに、漬物でなくて煮びたしだろうにと思う。

「ねえ……」

不可解そうな顔をして、和子がもどって来た。

大きな鯛《たい》を載せた竹細工の笊《ざる》を、両手で持っている。

「かずやん、それ、どうしたのよ？」

「いや、わかんないんだけど——今、来た人がね、お世話になったから食べてくださいっていうのよ。お世話なんかしてませんよっていっても、どうしても受け取ってくれって、かなり強引なんだよね」

「だれだったの？」

「わかんない」

「わかんない人が、そんな立派な鯛を持って来るわけがないでしょう」

「うーん」

どこかで見たことがあるといえば、ある。

和子は口の中で、もぐもぐといった。

「ああ、それは田澤さんだ」

祖母がこともなげにいうので、一同は驚いて顔を見合わせた。

「田澤さんって」

「田澤さんっていったら、あの田澤昭介さんだべな。おめだぢ三人とも、世話してやったでばし」

「それは……」

三人はもう一度顔を見合わせた。亡くなった人が、かたき討ちと冤罪《えんざい》を晴らしてもらったお礼に、鯛を差し入れたというのか。恐ろしいような、馬鹿らしいような、悲しいような気がした。

しかし、祖母が包丁を振るって大量の刺身とあら汁を作り始めるころには、せっかくだから疑ったりしないでありがたくいただこうという気分になっていた。

みずの「漬物」もほどよく冷めて味がしみとおり、鯛がまんべんなくご馳走《ちそう》に化けたころ、玄関先でまた若い男が「ごめんください」と声を張り上げた。

「今度はピザでも持って来てくれたのかな」

和子が率先して走って行ったのだが、その無邪気さはすぐさま邪険な声に変わった。

「何しに来たのさ！」

「ピザを持って――」

本当にピザを持った人が来たらしい。しかし、今度のお客は、義理堅い幽霊ではなく、不義理な医者だった。玄関でおどおどと弁解しているのは、和子の元彼の間宮なのだ。

「やれやれ」

祖母が腰をかがめて立ち上がると、もんぺをはいた短い脚で玄関に向かった。

「おめも、鯛食いに来たが？」

「え？　鯛？　はい、食いに来ました！」

間宮が明るい声を出すと、和子が怒りはじめる。

「ふざけんな、帰れ！　どのツラさげてピザなんか持って――」

怒る和子は祖母に押し切られ、間宮は居間に通された。丸い漆塗《うるしぬ》りのちゃぶ台を囲んで、薫と白井は興味津々、この新来者を見上げる。

間宮は思いがけず薫と見知らぬ男が居たことに驚き、ちゃぶ台の上の山盛りの刺身に驚き、後ろから来た和子に助けを求めるような視線を投げた。

「食ったら、帰れよ」

「はい。ごめん――」

和子は最初のうちこそ仏頂面を決め込んでいたが、美味《おい》しい食べ物を前にして不機嫌で居ることは難しかったようだ。冗談の上手《うま》い間宮の話にも笑ってやるようになり、大皿が空っぽになるころには、肩をたたいたり頰《ほお》をつねったりしてふざけだした。

食べ終えた食器の後片付けは、薫と和子が任された。

祖母と二人の男たちは、すっかり落ち着いて、煎茶《せんちゃ》をすすりながらNHKのニュースを見始める。大量の料理を盛りつけるのに使った食器は思いのほか多く、洗い終わってもどって来た和子の前には、まだ間宮が居座っていた。

「まだ居たの？　食ったら、帰れっていったでしょ」

「そうだね。ごめん――」

間宮はとたんに可哀想《かわいそう》なくらいしょげ返った。持って来た赤いメッセンジャーバッグを斜め掛けにして立ち上がる。

「ちゃんと帰るか、見届けてやる」

和子は小鼻を膨らませると、両手を腰に当てて間宮を追い立てる。玄関の戸を開閉する音が響いた。二人分の足音が玄関のたたきから外に向かって出て行ったところからして、和子は本当に間宮が立ち去るのを見届けるつもりらしい。

ところが、それから和子は一向にもどって来ないのである。

もしや痴話喧嘩《ちわげんか》がエスカレートして、田澤昭介のように思わぬ悲劇を招いてしまったのではと、薫はいささか気を揉《も》んだ。白井が様子を見に行くといって、縁側に向かう。縁側からは、クルマを停《と》めている玄関先の様子が窺《うかが》えるのである。

「事件になったら、どうしよう」

「なして、そったらことあるもんだ？　ここは四階のビルでねえぞ」

そういって、祖母は風呂《ふろ》に行ってしまった。

入れちがいに、首を傾《かし》げながら白井がもどって来る。

「どうでした」

「話し込んでましたね」

テレビの音だけが空虚に響く中で、薫は白井と二人っきりになった。

間宮の登場から祖母がのんびり構えているところを見ると、案外とこれは祖母の巡らした計略のような気がして来た。薫たち従姉妹《いとこ》は、あの小柄な祖母のてのひらの上で、ころころ転がされる運命なのだ。そうだとしたら、和子に逃げ場はない。

「あの二人、ヨリをもどすのかなあ」

「どうだろう」

白井は首を傾げる。

「少なくとも、険悪な話はしていませんでしたよ。蛍が見えたとかいってましたから」

「盗み聞きしたんですか？」

薫が呆れると、白井は素直に罪を認めた。

「すみません」

それからしばらく黙り込んだ後、白井が意を決した顔付きで一つ大きく息をした。

「おれたちは、どうですか？」

「どう、というと？」

「やっぱり、このまま付き合いませんか？」

白井がそんなことをいうので、薫は笑った。呆れたせいでもあるが、実をいうと少し嬉《うれ》しかった。最後の恋が終わった後、これまでも交際を申し込んでくれる男性が居なかったわけではない。結局は、恋愛が出来ない理由を薫が説明し、相手はその時点でおとなしく引き下がった。二歩目を踏み込んで来たのは、白井が初めてだったのだ。

「白井さんは馬鹿ですよ」

薫は笑った顔のままでいう。

「女は星の数ほど居るんですよ。何も好きこのんで、凶の籤《くじ》を引かなくても、いいじゃないですか」

そういったら、白井は面罵《めんば》されたように絶句した。怒ったのか？　何がそんなに気に障《さわ》ったのかと、薫が内心でうろたえだすと、白井はもう一度深呼吸する。

「凶じゃないよ。あなたは、おれが巡り会った、一世一代の大吉ですから」

白井がそういい放ったとたん、廊下から拍手が聞こえた。

和子、間宮、そして祖母が並んで手をたたいている。三人とも、そっくり同じ顔付きで笑っていた。まるで誕生パーティか——そうじゃなかったら、結婚披露宴の招待客みたいな笑顔だ。

「いやだ。立ち聞きしてたの？」

薫は憤慨するが、だれも取り合ってくれない。祖母は和子と間宮の間に立って、小さなしわだらけの手をこすりあわせている。

「二人とも、丸ぐ収まって良がったじゃ。良い婿さまば見つけで良がった、良がった。ばっちゃが生きているうぢに、祝言ば挙げろよ」

祖母は子どもみたいにあくびをする。

「年寄りはもう寝るんだ。宵っ張りだぢは帰れ、帰れ」

そういって、祖母は二組のカップルを家から追い出してしまった。

サイドストーリー　何となれば、愛

1

桜が終わってほどない満月の夜、マコトは白いハマナスの花を見つけた。

堤川の土手を走る道路である。

それは道の川側にあるカードレールのすぐ外の傾斜に、へばり付くように伸びた二本のハマナスのうちの一本だった。

ハマナスは青森市の花にもなっていて、遊歩道や公園でよく見かけるのだが、白い花を見たのは初めてだった。それは、満月の明かりの下で、少し不気味に、少しわびし気に、どこか肩身が狭そうにして咲いていた。きちんと植樹されたものではなく、どんな経緯によるものか知らないが、いわば野良のハマナスだったから、よけいにそんな気がしたのかもしれない。

マコトはわが身の寄る辺なさをその花に託し、親近感を覚えた。この九ヵ月、重たい混沌《こんとん》を背負って、息をひそめるようにしてやり過ごして来た中で、ほんのかすかに楽しさを覚えたのだった。

＊

マコトは先月、三十歳になった。

去年の八月から家に閉じこもっている。いわゆる、ひきこもりである。

ひとが寝静まった夜の間だけは、かろうじて外に出られる。毎日決まった道をたどって、毎日同じコンビニに行って弁当を買う。白いハマナスは、その途中の道に咲いていたのだ。

夜の川面《かわも》を吹く五月の風に、頬《ほお》や首筋を撫《な》でられるのは心地良かった。幸福感がじわりと胸の底から浮かび上がり、マコトは無意識にも慌ててそれを押し殺した。自分は不幸なのだ。不幸であらねばならぬのだ。

マコトが安定した職を捨ててひきこもりになってしまったことで、両親もまた不幸になった。家族というのは、一人が変調をきたすと、家全体がガタガタになるということをマコトは初めて知った。父も母もマコトも、本当に平穏無事に生きてきたのである。

夜のコンビニは灯台のようだ。マコトが、去年のあの事件に出くわすまでは。

たとえマニュアルどおりとはいえ、コンビニの店員たちは優しい。マコトは、このかりそめの明かりの中で虫のように安らぐ。レジのかたわらで温まった惣菜のにおいが、肺に満ちると、針の筵《むしろ》同然のわが家に居るより百倍も、安らいだ心地になるのだ。それは、弁当を買って帰るまでの、ほんの少しの間なのだけど。

明太子スパゲティと野菜サンドをカゴに入れて、飲み物を物色していると、となりにひょろりとした若者が立った。何だかアニメのキャラクターみたいなイケメンで、すごく雰囲気が暗くて、いつも同じ時間にここに来る。

マコトは彼が自分と同類だと推察していた。いわゆる「オーラ」というのか、ひきこもりに特有の寄る辺のない心細さを、彼の中にも確かに感じ取れるからだ。それで、内心でひそかに『ヒキくん』というあだ名をつけていた。ひきこもりだから、ヒキくん。

ヒキくんのカゴには、焼き肉弁当と漫画雑誌が入っていた。ヒキくんは、その雑誌の表紙に描かれた髪の毛がギザギザしたキャラクターにそっくりだ。のろのろと――マコトと同様にのろのろとレジに向かい、無言で会計を済ませる。弁当を温めてもらっている。

マコトはふと気が向いて、いつもとはちがうことをした。書籍コーナーに置いてある、ヒキくんが買った漫画雑誌を手にとってみたのだ。

「………」

漫画というものを見たのは、だいたい十年ぶりくらいだ。元々、あまり漫画や本を読む方ではなかったので、ストーリーが詰め込まれたページは、散漫にとっ散らかった心のままのマコトには息苦しさを感じさせた。それでも辛抱してページをめくり、ヒキくんにそっくりなキャラクターが『ジョーラ・オニキス』という名前だと知った。

……だからって、どうだというわけでもないことに気付き、のろのろと雑誌を棚にもどす。

レジの前には、もうヒキくんは居なかった。

＊

帰り道、同じハマナスの咲く土手の道で、スマホを拾った。花柄の手帖《てちょう》型ケースに納められた、女性らしいものだった。往路では見かけなかったから、マコトがコンビニに行っている間に落とした人が居たのだろう。それとも、さっきは見逃したのか。その可能性もなきにしもあらずだ。なにしろ、マコトはハマナスの白い花にばかり気を取られていたから。

落とし主は、さぞかし困っているだろう。

当人に直接返せたらいいのだけど。そう思って辺りを見渡してみるが、落としものを探しているような人は居ない。というか、前も後ろも道が果てるまで、人っこ一人居ない。

（だったら）

まさしく、この道の果てるまで北の方角に行くと交番がある。

そこに届けるのが順当——と思ったとたんに、胸の中で心臓がいやな具合に躍り始めた。

交番は鬼門であった。

警察署も鬼門であった。

交番のことなら、マコトはよく知っている。真夜中に街を徘徊《はいかい》する者が、落としものを届けたら、どんな風に対応されるのかも知っている。それは決して不親切でも恫《どう》喝的《かつてき》でもないのだが、それでも今のマコトには耐えがたかった。

マコト自身、去年の夏まで警察官だったのだ。この川沿いに建つ煉瓦《れんが》造り風の外観を持つ交番は、マコトが勤務していた古巣であった。

去年の八月——。

それは空全体が青い蛍光灯のように光る、夏の日だった。ラジオからは高校野球のんでいた。水道水で作る水出しのヤツだ。

決勝の中継が流れていたとき、電話が鳴ったとき、マコトは警邏《けいら》からもどって麦茶を飲

電話の音が、なぜか警報のように聞こえたのは、第六感が働いたのかもしれない。

——おとなりの家に、泥棒か何かが入ったみたいなんですけど。

息せき切った様子でそう告げたのは、美容室を営む高橋《たかはし》さんだとすぐにわかった。商売がらか人懐っこい女性で、警邏の途中で顔を合わせると、ときたま世間話をしたりする。つい昨日も、となりの町内で車上狙《ねら》いがあったからと注意をうながすと、高橋さんは「怖い、怖い、気をつけなくちゃ」なんていった。

「高橋さんのとなりというと——」

——関口《せきぐち》さんですよ。おばあちゃんが一人暮らしをしていて——。あ、今、怒鳴り声が聞こえたわ！

「わかりました、すぐ行きます」

電話の内容を上司に早口で報告すると、マコトはただちに関口邸に向かった。

自転車をこいでいたときの焦燥と、目指す家の玄関の引き戸を開けたときに、顔面をたたきつけるように襲ってきた血のにおいは、今でも鮮明に思い出せる。いや、思い出せるどころの話ではない。胸に浮かぶたびに、悪心《おしん》をともなうひどい気分の落ち

込みに、平静ではいられなくなるほどだ。

しかし、そこから先の記憶が飛んでいるのである。

木造モルタル二階建ての、昭和中期に建てられたと思《おぼ》しき関口邸の居間まで入って行った。

そこで見た光景があまりに無残で、マコトはその場で気絶してしまった。気がついたときには数時間が経過していて、マコトは交番の仮眠室に寝かされていた。

何が起こったのかは、上司と同僚から聞かされた。

関口邸は強盗に侵入されたのだ。

一人暮らしの関口フキ子さんが、刃物で惨殺《ざんさつ》されていた。

玄関まで血のにおいが立ち込めていたとおり、フキ子さんが倒れていた居間は血の海だったという。マコトは確かに、それを目撃したのだ。あるいは逃走する犯人を見たかもしれない。しかしそのときの記憶が、抜け落ちている。

事件現場にビビッて、気絶したばかりか、記憶まで喪失した。

警察官として、あるまじき失態だった。

それ以上に、記憶を失っても尚《なお》、マコトの精神は流血の現場で見てしまった光景にむしばまれ続けた。この世のありとあらゆるもの、ありとあらゆる人間が怖くて、心が崩壊した。警察官を辞め、アパートを引き払って実家に逃げ帰った。その実家が勤務していた交番の管区内だったことは、いかんともしがたい現実だった。もっとも近付きたくない街。しかし、赤ん坊同然に無力になったマコトが庇護《ひご》してもらえる場所は、実家をおいてほかにはなかったのである。

以来、マコトは自室にひきこもって暮らしている。最初のうちは叱咤《しった》していた父親も、おだててあやしていた母親も、もはや何もいわなくなった。病院に通うために外出することすら「無理」だった。実際、親に対しては、「無理」以外の言葉を何ヵ月も発していなかった。ほかの人間とは、一言も口を利いていない。

初めて、夜中にこっそりと家を抜け出したのは二月のことである。

厳冬の空が晴れて、唯一それとわかる星座である、オリオン座が見えていた。星というもののあまりの遠さが、マコトの警戒心をゆるめた。家の外で明け方近くまで空を眺め、おかげで風邪《かぜ》を引いたが、気持ちはいつになく晴れ晴れした。何であれ、マコトの心は室内に捕らわれることを、望んではいなかったということだ。

真夜中の外出は、習慣となった。

それでも、交番はいまだにマコトにとって鬼門なのである。まるでマコト自身が極悪人になったかのように、警察と聞いただけで身がすくむのだ。

2

陽《ひ》の高いうちに家を出たのは、マコトにとって恐るべき大冒険だった。

しかし、警察官になったほどだから、彼は人一倍、義務感と正義感の強い人間だった。それなのに、だれかのスマホを拾って警察に届けられないということは、絶対にそのままにしてはならない大問題だったのだ。

このごろでは親とも「無理」以外の言葉を交わせるようになっていたのに、専業主婦である母にその落としものを託さなかった理由が、マコト自身わからなかった。否、実はわかっていた。マコトは、その可愛《かわい》らしいスマホに、自分でも気付かないほどかすかな恋心を覚えていたのである。

落とし主ではなく、スマホに、だ。

それは、約九ヵ月ぶりに接した妙齢の女性の気配をただよわせる品物だった。その気配は、去年の八月から怯《おび》えて隠れていたマコトの心に、やさしく触れてくれた。

実際のところ、真夜中の外出ができるようになって、コンビニの常連にして同類らしいヒキくんに親近感を持ち、白いハマナスの花に気持ちが惹《ひ》かれ、マコトは少しずつ回復していたのだろう。

さりとて、彼は太陽の光のもとでは迷子同然だった。スマホの落とし主を探すために、拾った場所――白いハマナスの咲く土手の道まで来たマコトは、まったく無計画な行動に出た――というか、何の行動にも出なかった。

スマホを探しに来る妙齢の女性（とマコトは信じていた）を、ハマナスの花のそばでひたすら待ち続けたのである。

その日は運良く晴れたものの、その晴れが季節をとびこえたくらいの陽気だった。帽子もなし、飲み物もなし、椅子《いす》もなし。マコトは川と反対側の宅地から一段高くなった土手の道で、ひたすら待ち続けた。

不審者として警察に通報されなかったのは、運がよかった。夏のような日だったから、熱中症にならなかったのも、めっけものだった。何よりも、マコトの読みどおりにスマホの落とし主が本当に現れたのは、奇跡のようなものだった。

マコトが通報されなかったのも、熱中症にならずに済んだのも、その人が一日のうちの比較的早い時間――午前中のうちに現れたおかげだ。奇跡がもう一つ続いたといえるのは、その人がまさに妙齢の女性で、しかも大変に可愛らしい人だったことだ。

彼女は肩の辺りまで伸ばした栗色《くりいろ》の髪の毛をゆるくふんわりと巻き、髪型に似合ったシンプルだけど可愛らしい、ベージュ色のワンピースを着ていた。顔立ちは目立った美人ではなかったが、おとなしそうに整っていた。素顔のようにも見える、ほんのりとしたうす化粧をしていて、それが細身の小柄な体格と相まって、とても可憐《かれん》な印象を与える。——知らず知らずのうちに、マコトは警察官時代に培《つちか》った観察眼で、その人のことを見極めた。そして、いつものくせで『ゆるふわさん』などとあだ名をつけた。

ゆるふわさんは、ハマナスの道をガードレールに沿って、いかにも探し物をしているという態度で現れた。その姿を見たとたん、マコトの心は拾い物を返すことが出来る嬉《うれ》しさでときめいた。続く瞬間、彼は恋をした。

それは突然のことではあったが、予感していたといえないでもない。

スマホとスマホケースを見て、すでに恋心は喚起されていたのだ。可憐な持ち主が登場したことで、マコトの迷える心はまさにキューピッドの矢で方向を定められたようなものだった。

「あの……」

マコトは、探し物を続けるゆるふわさんに向かって、おずおずと声を掛けた。と、同時に、よれよれのジャージの上下を着て来てしまった自分に気付き、その失策に頭を抱えそうになった。時間を見れば（時計はしてこなかったから、陽の高さで時間を測った)、まともな大人はとっくに働きに出ているころだ。こんなひきこもりのユニホームみたいなものを着て、無精ひげも剃《そ》らぬまま(気が急《せ》いて、髭剃《ひげそ》りを失念したのだ)待ち受けているなんて、絶対に絶対に不審人物にしか見えない。

「え?」

ゆるふわさんが、今の呼びかけに気付いてこちらを振り返った。付けまつげではないが濃いまつげが、奥二重の双眸《そうぼう》の形よい輪郭を飾っていた。小さいけれどぽってりとしたくちびるが「え?」の形でとまっている。その表情に、こちらへの——明らかに不審者然としたマコトへの、警戒心は読み取れなかった。

それで、マコトは全身の勇気を奮い起こす。

「あの……これ」

「あ!」

差し出したスマホを見て、ゆるふわさんの顔が輝いた。驚きと喜びをたたえた目を、二回続けて瞬かせて、それから問うような目つきに変わった。

「あの……」

マコトは胸が苦しくなる。

ゆるふわさんのまっすぐなまなざしの前に、マコトは自分が白昼の日差しの中に居ることを改めて思い出した。――いや、それはマコトの胸を閉ざしていた闇《やみ》が晴れた瞬間だったのかもしれない。

「これ、落としました――よね？」

いえた。死ぬほどがんばった。

「はい――はい」

ゆるふわさんは、また二回続けて目を瞬かせた。

マコトは自分を責め立てる。早く返せ、早く、早く。これ以上ぼんやりしていたら、本当に本当に不審人物だ。

「どうぞ……」

「あ――はい」

ゆるふわさんは、スマホを受け取る。汚そうに拭《ふ》かれたりしたらどうしようと思ったが、そんなことはせずに大切そうに白い小さなリュックの中にしまった。

「ありがとうございます。今、拾ったんですか？」

「いえ……あの……昨日……」

スマホを返した後の会話までは全く想定していなかったマコトは、はなはだしくドギマギした。まるで好きな女子の前に出た中学生みたいに、ドギマギした。——こんなにむさ苦しいナリしているくせして、中学生みたいに……だなんて面の皮厚すぎ。自嘲《じちょう》気味にそう考えたときには、もう口が制御不能になって馬鹿なことを口走っている。

「すいません、ぼく、ひきこもりなんですけど、昨日の夜中にですね、それ拾って。あの、実は白いハマナスが珍しくて、それで花を見ていたら落ちていたスマホを見つけて、ですね、あなたに返さなきゃと思ったんですけど、警察に行くのもナンか……で、ですね、ここで待ってたら来るんじゃないかなと思って待っていたら、ですね——」

「ああ」

ゆるふわさんは、形の良い目を見開いた。

「あたしのこと、待っていてくれたんですか?」

「来ると思って」

「ああ」

うすく描いた眉毛《まゆげ》が、くにゃりと下がった。

「ありがとうございます」

「いいえ――全然、いいえ」

　仕事もしていない暇人のマコトだ。一日中だろうと、一週間だろうと、一ヵ月だろうと、ここで何もせずに待っていてもだれも困らない。そういうと、ゆるふわさんは、マコトの自虐的な態度を打ち消すように、小さく頭を振った。

「あたしも、この花を写真に撮って、それでスマホを落としたんだと思います。白いハマナスって、初めて見たから」

　ゆるふわさんは、マコトの怪し気な外見と口ぶりに不信感を持たなかったようで、嬉しそうにぺこりと頭を下げる。それから、彼女自身もいささか慌てたように、もう一度リュックを下ろしてファスナーを開けた。

「あの――お礼しなくちゃ」

「いいんです！　そんな、いいんです！」

　お礼なんかもらったら、男がすたる。というか、このときめいた心がすたる。彼女のために費やした、良きエネルギーがすたる。

　そう思ったマコトは、またしても変な行動に出た。ゆるふわさんに背中を見せると、まっしぐらに逃げ去ったのである。警察官として鍛えた体は、九ヵ月の自堕落な生活を経てもなお健在だった。素晴らしいフォームと素晴らしい脚力で土手の道を駆け抜け、橋を渡り、住宅地の角を曲がり児童公園のわきをすり抜け、われに返ったときは自宅の前で茫然《ぼうぜん》と二階の自室の窓を見上げていた。九ヵ月ぶりの幸福感が、マコトを満たしていた。

＊

その夜、マコトは日課の散歩に出た。

いつものコンビニでおにぎりと焼きそばパンとペットボトルの緑茶を手に取ってレジに並ぶ。

「五百五十一円です」

ポケットに突っ込んだままの小銭入れを出して支払おうとして、ふと動作がとまった。財布の中にあるのは百円玉が五枚と一円玉が一枚。五十円足りないのである。

「あ……あの……」

買い物に慣れた主婦なら――いや、他人とのやり取りに抵抗のない全《すべ》ての大人たちなら、あっさりと「やっぱり、緑茶はいいです」なんていって、簡単にやり過ごしたはずなのだ。しかし、無言で通過できるはずのレジで足止めをくらって、マコトはパニックに陥った。所持金が足りないという事実が、必要以上に自分を攻撃して、すっかり萎縮《いしゅく》してしまう。

「あの……あの……」

小銭入れを指で掻《か》きまわしながら焦っているマコトの前に、ふっとうしろから手が伸びて、備え付けのカルトンの上に五十円玉が置かれた。

驚いて振り返ると、漫画の『ジョーラ・オニキス』そっくりな、しかしマコトと同じでジャージの上下を着た、あのヒキくんが居た。ヒキくんは店員に笑顔とてのひらを向けて、それで会計をしてほしいと合図をしている。

「ありがとうございました。またお越しくださいませ」

マニュアルどおりの愛想の良い挨拶《あいさつ》に送られて、マコトとヒキくんは店を出る。マコトはヒキくんにお礼をいうために彼の会計を待っていたのだが、ヒキくんはそんなマコトをみて人懐っこそうににこにこした。

「おまわりさんですよね」

まったく予期しなかった呼びかけに、マコトは金縛りに遭《あ》ったかのように驚いてしまった。警察官だったという事実は、いまだに記憶がもどらないあの日の出来事に直結しているのである。

マコトの驚き方がひとととおりではないので、ヒキくんは何かを察したようだった。いや、何もかもを察したようだった。警察官で居られなくなったマコトが、自分と同じ境遇、つまりひきこもりになったこと。警察官で居られなくなった事情が、マコトをひきこもりにさせてしまったこと。

それがどんな事情なのかを問うことはしないで、ヒキくんはマコトと並んで歩きながら、一方的に自分のことを話しだした。

「おれ、中学のときにいじめられてて、なんか世の中の正体を見ちゃったって思ったんですよ。しばらく不登校とかしてたんだけど、でもさ、人間ってさ、案外と立ち直れるものなんですよね。高校には行かなかったけど、高認受けて、大学にも合格して四年間通ったんですよ。それって、けっこう、すごくないですか」

「う——うん。すごいね」

マコトは高卒で警察官になった。警察学校での成績は、優秀な方だった。でも、結局のところ行きついたのは、ひきこもりである。自らを「けっこう、すごい」というヒキくんもきっと、マコトと同じくらいの荷物を背負っているのかもしれない。

「そんなことないですよ。おれ、ごく普通に、世の中とさよならしたんです」

「さよなら、できるもんなの？」

マコトは、つい興味津々という風に訊《き》いた。

その反応が嬉しかったらしく、ヒキくんはにっこりした。イケメンの笑顔は、絵のようにかっこ良かった。

「できるっすよ。ま、うちは父親が居ないんで、その分はうるさいヤツが居ないから」

ヒキくんは、大学を無事に卒業して就職した。中古車販売会社のセールスマンである。

ところが、その会社をたった一日で辞めた。

「会社の正体が見えたって思いましたね」

ヒキくんは、細い鼻梁《びりよう》にいやそうにしわを寄せた。

「それ以来、ひきこもって好きなことしてます」

「好きなこと？」

「アニメとかゲームのコスプレ」

「コス……プレ？」

コスプレーヤーといわれる人たちが、存在することはかろうじて知っている。ただ、そういった文化にとことん疎《うと》いマコトは、こんな小さな街にもそんな東京の秋葉原《あきはばら》に居るような人が住んでいるなんて考えたこともなかった。そもそもコスプレなんて大昔からあったものでもなかろうに、ヒキくんはまるで遺伝子の中にその才能が組み込まれているかのようで、コスプレが似合いそうだった。

「へへ」

似合いそうだと告げると、ヒキくんは嬉しそうな顔をした。

結局のところヒキくんは、一日で社会人を辞め、あとは母親に養われている。会社もきらい、社会もきらい。だからアパートの六畳間に閉じこもって『ジョーラ・オニキス』として生きているのだ(やはり、あの漫画雑誌で見たキャラクターに入れ込んでいるらしい)。

「おかあさんは、怒ったりしないの?」

「いや、別に」

ヒキくんの熱中ぶりを見て、母親は彼を現実にもどすことをあきらめたという。

——まるで他人事《ひとごと》のように語って聞かせるヒキくんが、本当は何をいいたがっているのか、マコトにはわからなかった。あるいは、アパートの一室を避難所と決め込んで、そこにひきこもって暮らすヒキくんは、幸せなのかもしれない。

それでいいのか?

マコトは自分の現実は、不幸の結晶みたいなものだと思い続けてきた。その気持ちだけが、現実とマコトをつなぐパイプだったように思う。だけど、ヒキくんは幸せだというのか？　幸せでいいのか？

「ぼくは……警察官だったじゃないですか」

ほとんど無意識に、マコトは自分のことをしゃべっていた。

交番に勤務する巡査だったこと。強盗殺人事件の現場に真っ先に駆けつけ、あまりの凄惨《せいさん》さに記憶を失《な》くしてしまったこと。そのときのショックで、仕事も普通の生活も続けられなくなってしまったこと。

「そうだったんですか」

ヒキくんは、真面目《まじめ》な顔でまっすぐにマコトを見つめた。他人からの凝視に慣れていないマコトは、慌てて目を逸《そ》らす。

「あんまり思いつめないことですよ」

「え？」

「楽に暮らしたら、いいんです。表側の人たちを、羨《うらや》ましがる必要ないですよ。おれたちは裏側に来てみて、こっちが案外と快適なことを発見できた冒険者なんですから。大航海時代のコロンブスとかみたいなもんですよ、おれたちって。普通なら、来らんないところまで、やって来れたんだからさ。新世界を発見したんだからさ」

「………」

マコトは困ったように笑う。

ヒキくんは、今度は少し思案気にマコトの顔を見つめた。

「今度、いっしょに、昼間に外出してみませんか？」

「え？」

「おれの撮影、見に来ませんか？」

ヒキくんの仕事は、ゲームやアニメのキャラクターになり切って、その画像をSNSにアップロードすることなのだそうだ。そういって、スマホに自分のアカウントを表示させて見せてくれた。

そこには、確かにヒキくんだが、まったく架空の存在である人物が——あの『ジョーラ・オニキス』が、実在する人間として映し出されていた。実写なのに、独特のウソっぽさがある。たぶん、そのウソっぽさが、ヒキくんとその仲間たちにはたまらなく好きなところなのだろう。

さりとて、ヒキくんの熱意と努力のわりには、フォロワーが五十六人と少なかった。それはたとえ親友とていってはならないことだろうと思って、マコトは言葉を飲み込んだ。飲み込みながら、彼に親友は居ないだろうとも思った。

「じゃあ、ここで」

大通りと小路が交差する四つ角でヒキくんと別れた。

3

昨日より少しだけやせた月が、マコトの後について来た。

白いハマナスが咲いている土手の道へと曲がる。

「え？」

ハマナスの低い木が生えている辺りに、小柄な女性がたたずんでいた。

遠目だし暗かったが一目でわかった。ゆるふわさんだ。

こんな真夜中に、あの人はどうしてこんな川べりの道に一人で居るのか。日本は安全な国だとはいえ、その中でも青森市は犯罪が少ない街だとはいえ、女性が（しかも、ゆるふわさんみたいな頼りなげな人が）真夜中に一人で居るなんて危険すぎる。

マコトはつっかけをはいた足で駆けだした。

川沿いの一本道を、不審者然とした男が、華奢《きやしや》な女性めがけて猛然と走っているのだから、だれが見たって胡乱《うろん》な光景だった。しかし、川沿いのその辺りには宵っ張りの人は住んでいないのか（実際、居ないのだろう。灯《ひ》のともった窓は一つもない）、怪しさ極まりないマコトを見とがめる者も、通報する者も居なかった。それよりも、突進される当人、ゆるふわさんが大様に構えて、逃げる様子も驚く様子すらもない。

「ああ、よかった」

マコトが目の前まで来ると、ゆるふわさんはのんきな声を出した。

「ひょっとしたら、ここに来たら会えるんじゃないかと思って待っていたんです」

そういって、リボンの飾りが付いた紙袋を差し出してくる。

「あの……あたしが焼いたクッキーです。もしも、そういうの嫌いじゃなかったら。ええと、あの……スマホを拾ってくれたお礼です」

「え？　わざわざ」

マコトは魂でも抜けたみたいに口をぽかりと開け、ゆるふわさんの可愛らしい顔を見つめた。その笑顔に困った色がにじみ出すのに気付いて、慌てて口を閉じ、両手を差し出した。

「ひょっとして、ハンドメイドとかいやですか？　ですよね、ごめんなさい」

「いいえ！　いいえ！」

マコトは激しくかぶりを振る。

「好きです！　クッキー、大好物です！」

「本当？　よかったあ」

ゆるふわさんは、安心したように肩を下げる。肩幅が狭い。そう意識したら、いたたまれないほど、この人が愛《いと》しく思えてくる。

「わざわざ、ぼくのことを待っていてくれたんですか？　こんな夜中に」

「お話だと、夜中にこの道を通るみたいだったから」

「駄目ですよ。危ないですよ。もうこんな危険なことしちゃ駄目です」

説教口調になるマコトだが、実は叫びだしたいほど感激している。いや、泣きたいくらい胸が熱くなっている。実際に、視界が少しにじんだ。満月の翌日の月明かりは明るかったため、マコトの目がうるんだのは、ゆるふわさんにしっかりと見られてしまった。

「じゃあ、あたし、帰りますね」

「あの——送ります」

マコトは強い口調でいってから、「す……すみません」と付け足した。

「こんな夜中に、女性を一人で帰すわけにいきませんから。ぼく、これでも前は警察官だったし、不審者とか来てもちゃんと撃退できますから」

いいながら、マコトは心の手で自分の胸をさぐった。

(痛いか？——いや、痛くない)

そんな自分が不思議であった。今までは警察官だったという事実が、マコトには大きな負担になっていたはずなのだ。前職のことを思えば、マコトは瞬時にあの強盗殺人の現場に引きもどされる。それは強烈な恐怖と精神の落ち込みをともない、マコトの心を切り刻む。

(だけど)

ヒキくんに身の上を話したときもそうだ。マコトは痛くなかった。平気だった。むしろ、抱え込んで来たものが軽くなる心地がした。

それは、ここで白いハマナスを見つけてから？

それとも、ゆるふわさんのスマホを拾ってから？

スマホを返すために、九ヵ月ぶりに日差しのもとに出てから？

ヒキくんと互いに込み入った話をしてから？

そんなことを考えるうちにも、気持ちはいつになく弾んでいた。マコトは、確実に浮かれていて、そんな自分の気持ちに触れてみて、まったく驚いた。

(好きなのかも)

確かに、スマホそのものにさえ淡い恋心を覚えたのだ。ゆるふわさんが、マコトのために手間暇かけてクッキーを焼いてくれたことも、危ない夜道なんかでマコトを待っていてくれたことも、嬉しくて嬉しくてたまらなかった。

「だけど、危ないから、もうこんなことはしないでください」

歩きながら、マコトはえらそうにそんなことを繰り返す。

「はい、ごめんなさい」

ゆるふわさんは、申し訳なさそうに目を伏せた。

「青森は確かに、犯罪は少ないです。だけど、ぼくが仕事を辞めたのは、恐ろしい犯罪現場を見てしまったからなんです」

マコトは話した。ヒキくんにいったときよりも、丁寧に、ちょっとだけ説教口調になった。ことほどさように、世の中は危ないのだ、と。

クルマの一台も通らない夜道を、それでもゆるふわさんを庇《かば》って右側を歩かせながら、ふたりでとぼとぼ歩くのは、実のところマコトを有頂天にさせた。自分の不遇に同情してもらえるのは、たまらないくらい嬉しかった。

マコトの話が尽きると、ゆるふわさんは自分のことをとりとめもなく話す。

地元の短大を卒業して、就職はせずに花嫁修業中であること。二人姉妹で、姉は婿をもらったが、その人は不幸にも病死してしまった。父はあきらめず、妹娘にも婿を取らせて、家業を継がせたいのだという。だから、彼女の夫になる人は、家業を継げる人でなければならないのだ。……などと、つまりは結婚のことを、滔々《とうとう》としゃべった。

(彼女はどうして、おれに、こんなことを?)

ゆるふわさんは、マコトを婿と見込んで、打ち明けてくれているのではないか。

(いやいやいやいやいやいやいや)

慌てて打ち消す口元が、自然と緩んでしまう。ゆるふわさんが自分の奥さんになって、甲斐甲斐《かいがい》しく立ち働く様子を想像して、うっとりした。可愛い娘が生まれて……息子でもいいが、三人で公園で遊ぶのを想像して、陶酔した。

しかし、そのためには婿になって、仕事を――。

(家業を継ぐって、どんな仕事だろう。ゆるふわさんはお金持ちのお嬢さまって感じだから、会社社長とか?　政治家とか)

もしも、自分がこの人の家に婿入りするとしたら――。

それは、かつて考えてもみなかった転身となる。

だけど、それだけダイナミックな転身ならば、かえってできるかもしれない。心機一転やり直すつもりで、背広を着て、ネクタイを締めて――ゆるふわさんのためなら、頑張れるかもしれない。だって、もう昼間に出かけることも平気になったのだから。

一足飛びに、この人の婿になると独り決めして気持ちを引き締めていたとき、ゆるふわさんの足が止まった。

「ここです」

まるで時代劇のように屋根の付いた木の板の塀が、ぐるりと広大な敷地を囲んでいる。大きく育った庭の樹木と、まるで神社みたいな繊細な細工の屋根が見てとれた。同じ敷地内に、五階建ての鉄骨の建物がそびえている。高いビルの少ない青森では、これでも充分に天を突く高さだ。

マコトにとっては地元だし、ここがだれの屋敷か、あのビルがなんなのかは、すぐにわかった。ここは、総合病院である朝倉病院の院長宅である。あのビルは近隣住民はおろか、県外からも患者が訪れる大病院。そして、ゆるふわさんは院長の令嬢なのだ。

婿？

冗談いっちゃいけない。

マコトは医学部どころか、高卒の身である。医者どころか、ひきこもりである。さっきまで浮かれていた反動で、怒濤《どとう》のごとく自己嫌悪と落ち込みの波に襲われた。

ゆるふわさんの態度がずっと優しいままなのは、マコトに対して恋心なんて持っていなかったせいにちがいない。彼女はマコトみたいに妄想で舞い上がったり、現実を見て地べたへと突き落とされたりしていないのだから、穏やかなのも道理だ。

しかし、その穏やかさで、こういった。

「LINE、交換しませんか？」

「え？　あ？　はい」

突き落とされた地面から浮上した心が、現金にも再びマコトの尻《しり》をひっぱたく。結局のところ、マコトは嬉々《きき》としてIDを交換した。

「あたし、朝倉実美《みみ》といいます」

「あの——ぼく——篠井真《しのいまこと》です」

マコトが名乗ると、少し間を置いて実美が照れたように笑った。

「知ってます」

「え？」

「実は……おまわりさんだったころから、知ってるんです」

高校生だったゆるふわさん（改め実美）が、自転車で警邏するマコトを見て憧《あこが》れていたという。だから、スマホを拾って待っていてくれたのがマコトと知って、実美は本当に嬉しかったのだという。

地べたすれすれで低空飛行していたマコトの心が、また一気に上昇した。

相・思・相・愛。

その一語が仕掛け花火のように脳内を彩った。

ひきこもってなんか、いる場合じゃない。マコトは胸に抱いた手作りクッキーに、復活を誓った。

4

その夜から、マコトはLINEに没頭した。もちろん相手のあるものだから、交信の向こうに居る実美も、まるでかたわらにマコトが居るかのようにいろんなことを話した。

姉は可哀想《かわいそう》な人だ。彼女は病院の跡取りになってもらうべく、やはり内科の勤務医を婿に迎えたが、その人が病気で早世してしまった。

だから、妹の婿取りは朝倉病院の命運をかけた一大事となった。

実美自身も、将来は朝倉家の一員として病院経営にたずさわっていかねばならない。

本来ならば、院長は我が子を医者にして病院の跡継ぎにしたかったのだ。ただ、娘二人には、そういった素養がなかった。だったら、婿を取るまでだ。父・院長の思いはその一点らしい。

朝倉病院には血縁でない医師も複数人勤務している。しかし、院長は自分の跡を朝倉を名乗る者に継いでもらいたいと強く願っている。……というか、それ以外の選択肢はないと思っている。

娘を社会に出して働かせないのは、外界のわずらわしさに触れさせたくないという親心か。それとも、社会を知るより花嫁修業が大事だと信じているためか。いかにも父の強権のようにも思えるが、実のところは、これも娘への愛の形なのかもしれない。

——あたしはただ、可愛いお嫁さんになりたいだけなんです。

——ぼくも、その方が実美さんには合っていると思う。きっとおねえさんも、実美さんに似た優しい人なんでしょうね。

——ゆるふわ姉妹です。

——本当に？　ぼく、実美さんのお名前を知るまで、心の中でこっそり「ゆるふわさん」って呼んでいたんですよ。

——本当ですか？　なんか嬉しいかも。

――だけど、親の敷いたレールの上を歩かされるってのは、少し大変だな。

――子どものころから決まっていたことですから。お婿さんをもらうのは至上命令なんです。

ぼくではだめですか。

そう書いて、消した。もう一度書いて、消した。朝倉家の婿になるためには、医者でなければならないのだ。だけど、ほかに打つ手はないのだろうか。思案しているうちに、実美が別のことを語り出す。

――姉に娘が居るんです。美優っていうんですけど。

――可愛い名前ですね。

――小学校五年生です。

――女子トークが楽しくなる年頃ですね。

女子トークなんて、なかなか気の利いた言葉を使ったことに、マコトは悦に入る。

ところが、実美は思ってもみないことをいいだした。

――学校でいじめられているみたいなんです。

無視されたり、教科書を隠されたり。先日はひどいことに、あまり使う人の居ないトイレに閉じ込められて、水をかけられたという。

——ひどいな。先生は何をしているんですか？

——いじめっ子のリーダー格の子の家に家庭訪問に行ったらしいんですけど、親御さんになかなか会えないらしくて。

——それはひどいよ。学校側が毅然《きぜん》と対処しなきゃ。

マコトと実美は、そんな具合にいつまでもスマホの画面を通して語り合った。そして、実際に会っても飽かずに語り合った。一週間ほど経《た》つうちに、ふたりはあたかも何年も離れずに居た恋人同士のように、互いのことを理解し合っていた。

＊

結婚の一事が、良くも悪くもマコトの意識の全てを覆いつくした。

次女の婿として、朝倉院長は若い医師をお望みだ。

まだプロポーズはしていないし、付き合ってさえいなかったが、マコトの心はもうすっかり実美で占められていた。

（どうしよう——どうしよう——どうしよう）

そう思いながらリビングで新聞を読んでいたときである（このところ、自室を出てリビングや廊下に出没する息子に、両親は腫物《はれもの》にでも触るような態度で接していた。しかし、マコトの態度にかつての病的な怯えや自己否定が見えなくなり、あたかも夏休みの高校生くらいの自然な快活さが出てきたことを、二人はひそかに喜んでいる)。

医療事務。

その文字が、マコトの目に飛び込んできた。

医師ではないけれど、看護師でもないけれど、医療事務の資格をとれば、病院のスタッフとして働ける。マコトは食い入るようにして新聞の広告を見つめ、それから二階の自室に駆けあがってノートパソコンを起動し、医療事務のなんたるかを食い入るように検索した。

(いけるかも……)

そう思ったマコトの胸には、もうひきこもりである気後れも、日中の戸外に出る恐怖もなかった。さりとて、まだ完全には立ち直っていない。あの事件のことを考えようとすれば、やっぱりいやな動悸《どうき》がする。いまだ思い出せない惨劇の場面は、まるで床下に隠した遺体のように、腐臭や亡霊を浮かび上がらせる。

(だけど、いけるかも)

マコトはスーツにネクタイを締め、母親に出かけて来ると告げた。

「はい……どこに?」

母は目を丸くしている。

マコトは口をきゅっと結んで笑顔を作った。それは、半年以上、ただ無気力に暮らして来た息子とは、まったく別人の笑顔だった。

スマホが鳴った。

実美からのＬＩＮＥである。

――これから、あのハマナスの場所で会えますか？

もちろん。と答え、元気の良い笑顔のスタンプを貼《は》った。

白いハマナスが満開の道で、実美はいかにも幸せそうな様子で待っていた。

「姪《めい》が、学校でいじめられなくなったんです」

「それは良かった」

「だけどね――」

実美の溌剌《はつらつ》とした表情に、かげりが生じる。

「いじめっ子のリーダーが、これまでの仲間たちからいじめられるようになったんですって」

「へえ」

それはザマアミロって感じだと思ったが、実美の顔には同情の色が浮かんでいるので、喜んでみせるわけにはいかない。意識して思案顔をつくった。

「ぼくの小学校時代もありました。別に仲が良かったわけじゃないけど、喧嘩《けんか》が強くて運動も出来て一目置かれていたヤツが、あるとき突然にいじめられ始めた。クラスのワルたちが、ひどいあだ名をつけてつまはじきにしたんです」

「あだ名？」

「ガマ蛙《がえる》。どこか、そんなイメージはあったんだけど」

「その子はどうなりました？」

「卒業するまで、耐えてましたね。いじめっ子たちとは中学校の学区が別だったけど、ぼくはそのガマ蛙と同じ中学校に入ったんです。そこから先は、覚えていないなあ」

「そうですか。卒業まであと二年近く……長いですね」

実美は、姪をいじめていた憎き悪ガキのために、悲しそうに溜《た》め息《いき》をついた。

＊

医療事務の短期クラスの通学コースと資格試験の受験を申し込んだ。通学コースのほかに通信コースもあったが、もはや自宅に閉じこもっていられないという気分だったので、あえて通学することを選んだ。値段は通学コースの方が、五割増しくらい高かった。

土曜と日曜の昼から夕方まで、レセプトの計算について学んだ。まるで耳新しいことばかりで、講義内容は面白かった。受講生はマコトを入れてたった三人で、一人は中年すぎの事情通のおばさん。もう一人は東京からUターンしてきた二十代の元OLだった。三人はそれなりに親しくなり、講義の帰りはいっしょにお茶を飲んだりした。

「講師の先生、メリル・ストリープに似ているよね」

そういいだしたのは、元OLである。この人が喫煙者なので、カフェを選ぶのに少し苦労する。

「そう、いってあげたら?」

マコトがいうと、おばさんが顔の前で手を振った。

「だめだめ。冗談通じないわよ、あのタイプは」

「ところで、篠井さんは男性で医療事務って珍しいですよね。ひょっとして、勤務先がもう決まっているとか?」

「うん……。想定しているところは、ある」

「えー、何やら意味深ですね。結婚相手が大病院の令嬢とか? 篠井さん、事務長とかの椅子を狙っているとか?」

元OLはナイフよりも鋭いことをいってから「いいなあ」という言葉と煙をいっしょに吐き出した。

「篠井さんは、前はどんな仕事をしていたの？」

今度は、おばさんに訊かれる。

「ええと。地方公務員」

「辞めたの？　もったいない！」

二人とも目を丸くするので、マコトは弁解するように苦い笑いを作る。

「ちょっと、メンタル的に調子悪くなっちゃって」

「ああ、なんだかわかる。穏やかな職場ほど、人間関係が難しいのよね」

それは全然ちがっている。交番勤務は波乱万丈で、とどめは強盗殺人事件だった。少しも穏やかではない。そのおかげかもしれないけど、交番内のチームワークはしごく良かった。

「何にしても心機一転、がんばりなさいよ」

「はい」

「いやいや、わたしたちも他人事じゃないってば」

「あら、そうよね」

喫茶店を出ると、後ろから背中をたたかれた。

驚いて振り返ると、警察学校で同期だった白井という男が居た。白井は青森県警で刑事をしている。一年ほど見ないうちに、ずいぶんと殺伐とした顔付きになっていた。殺伐というのが悪ければ、精悍《せいかん》な顔付きとでもいうべきか。

「よう。ひきこもり、やめたの？」

開口一番、遠慮のないことをいう。顔をしかめて、答えの代わりにした。

「記憶は、もどったのか？」

今度は、少しだけ案じるような響きが加わった。強盗殺人の事件現場に駆け付けたときの、失われた記憶のことだ。マコトはこれにも、頭を振っただけで答えた。

「あの事件の捜査は進んでるのか？」

「うん」

旗色が悪いのは、白井の表情でわかった。

「最初からいわれていたことだけど、犯人は被害者に比較的近い関係の人間だろうという線で捜査を続けている。――むかし、日曜日だけ犯行を続けるヤツが居て、ニュースを見ていて思ったのは、犯人はガキだなってことだった。あてずっぽうだけど、学校をさぼったりしない一見真面目なガキが、週末に人殺しをしているって。……捕まった犯人は、そのとおりのヤツだった。

その点、おれたちが追っている犯人は平日の真っ昼間に事件を起こした。犯人は、真面目なガキとか真面目な勤め人じゃあないな。だったら、たとえば、おまえみたいな自由人かな」

人差し指で胸を突かれる。マコトはムッとした声を出した。

「ぼくは、あのときは警察官だった」

「知ってるよ、もちろん」

白井は笑う。顔がふにゃふにゃになった。この男は真顔と笑顔の落差が激しいのだ。

「記憶がもどったら、教えてくれ。いつでも、連絡を待っている」

マコトのジャケットの胸ポケットに、名刺を突っ込み、白井は立ち去った。

「なあに、なあに、今のイケメン」

離れてこちらをうかがっていたらしい医療事務仲間の女性陣がもどって来た。

「篠井さんって、友だちいないタイプに見えましたけど、そんなことないんですね」

「やだなあ、馬鹿にして」

マコトは憤慨してみせる。

「ねえ、このまま飲みに行っちゃいません？」

「何いってんの、日曜日は試験でしょうが。わたしらは、受験生よ。ラストスパートよ」

おばさんが、元ＯＬの肩をたたいた。

「わたしたち三人は、絶対に合格して、三人ともちゃんと仕事を見つけるんだから」

「ういっす」

「篠井くんも、ういっすっていいなさい」

「ういっす」

「よしよし」

互いにガッツポーズを交換し合って、解散した。

そんな風に健闘を誓い合った三人だが、日曜日の試験会場には、おばさんと元ＯＬの姿はなかった。無職のマコトは、この勉強にかかりきりだったので、試験問題はとても易しく感じられた。おそらく満点がとれたろうと思う。それでも終了時間までねばって問題を見直し、完璧《かんぺき》な答案を提出して試験会場を後にした。

これで、朝倉院長の前に胸を張って出られる。

いやその前に、秘めてきた思いを実美に打ち明けなければならない。

縁起を担いで、あの白いハマナスの咲く堤川の土手に足を向けた。

季節は梅雨《つゆ》に入り、風は初めて実美に会ったころよりも肌寒いくらいだった。

白い花を目指して川沿いの道を歩く。雲が垂れ込めて今にも雨になりそうな空模様だった。風が湿気を帯びて肌にまとわりつく。

　どこまで歩いてもハマナスの花はおろか、花の落ちた木さえ見つけられなくて、マコトは道をまちがえたのかと思った。しかし、土手の下の家の花壇も、うしろに渡された歩行者のための橋も、確かに同じだ。

「あ……」

　思わず、短い声が出た。

　ガードレールの下に、低木の細い幹を伐採した切株があった。

（切られた……）

　ひざから力が抜けて、思わずよろめく。ガードレールに手をついて、茫然と切株を見つめた。

　ここで実美と出会った。実美はこの花を撮影した後でうっかりスマホを落とし、そしてマコトと出会うことになったのである。マコトにとって、この白いハマナスは神聖なものだった。お釈迦《しやか》さまが悟りをひらいた菩提樹《ぼだいじゆ》にさえ匹敵する、かけがえのない存在だった。それがおそらく、植栽されたものではないという理由で――雑草と同じ扱いを受けて刈り取られてしまったのだ。

　落胆。そして、憤怒《ふんぬ》。どちらもやるせなく胸をうずまいた。この悲しい出来事を実美と共有しようとスマホを取り出したときである。そのスマホが小鳥の声を発した。実美からの通信用の着信音である。

——お見合いすることになりました。

実美のＬＩＮＥスタンプは泣いていた。

＊

とぼとぼと歩いて帰った道で、マサヱさんに会った。鉄棒とぶらんこだけがある、小さな児童公園の奥が、この人の住まいになっている。

町内随一の鬼門だ。

マコトは身構える。

マサヱさんというのは、近所の独居老人で、若いころは夫婦で喫茶店を営んでいた。その夫がいつからか姿が見えなくなり、マサヱさんは喫茶店をたたんで家を新築し、悠々自適で暮らしている。

新築した費用と快適そうに暮らす生活費は、とうてい年金だけでは足りるまいに

——などと、マコトの両親はひそひそ声で噂《うわさ》している。マコトの家でも話題にのぼるなら、町内中どの家庭でも同じだろう。もちろん、当人の前ではおくびにも出さないので、マサヱさんは乙にすましたものだ。筋向かいに住む歯医者の奥さんに取り入っ

て、いっしょに海外旅行などしている。旅行費用は歯医者の奥さんにおごらせたというのが、マコトの両親たちの憶測するところだ。

そんなマサヱさんは、常に町内の不穏な噂の発信源である。高山《たかやま》さんはむかし少年院に入っていたことがあるとか、村井《むらい》さんの旦那《だんな》はDV男だとか。マサヱさんの話には、なぜかその家の主人をおとしめる傾向があった。

もっとも、それだけではない。

「あら、マコトくん。今は何しているの？」

マコトの姿を目ざとく見つけたマサヱさんは、口裂け女もかくやと思われる速さで駆け寄って来た。

「あんた、まだ、働いてないの？　家にこもり出して、何ヵ月になる？」

「え……」

去年の八月からだから、九月、十月……と数えだしてから、なんでそんなことに答える必要があるのかと思って、むっと口をつぐんだ。

「それそれ、その顔。大人なんだから、人と話すときは笑顔を作ることを覚えなさい。そんなことじゃ、いつまで経っても社会復帰が出来ないわよ。あんた、いつまでもひきこもりしていないで、一週間に二時間でも三時間でもいいから、コンビニで働きなさい」

なぜに、コンビニなのか、とマコトは思ったがマサヱさんのペースに巻き込まれたら、本当に面倒なことになる。次の噂話の主役になることは覚悟して、マコトは無言で走って逃げた。

5

実美の見合い相手は、間宮という内科の勤務医だった。間宮は、親が医師ではないため、継がなくてはならない病院はない。しかし、いつまでも県立病院に勤めるより、身を固めて自分の城を持ちたいと希望していた。

朝倉家の娘婿となれば、次期院長の座が約束されている。まだ二十代の間宮としては、今の病院を辞めて独立するにはいささか時期尚早《しょうそう》だが、人生の足場を固めておくのは悪いことではない。朝倉病院の副院長というのは、大病院で宮仕えするよりも魅力的に見えた。

そんな間宮を、朝倉院長は歓迎したらしい。

見合いは、院長と間宮の大幅合意で、ほぼ成功した。

「ちょっと待ってよ、実美さん、きみの意見はどうなの？　おとうさんが結婚するわけじゃないじゃないか」

駅前のカフェでケーキセットをはさみながら、マコトと実美は額をつき合わせている。

実美の顔色はさえなかった。今にも泣き伏してしまいそうである。

「あたしは——好きなんです」

「え？」

「好きなんです、ずっと」

実美の言葉が、重苦しい絶望になって、瞬時にマコトを満たした。実美もまた、その見合い相手が好きなのか。朝倉家の一員になりたがっている、現役の医者が好きなのか。だったら、無職のひきこもりなんかに入る隙間はない。

「実美さんがその人のことを好きなんだったら、何も迷うことないじゃないですか」

懸命に作った笑顔で、マコトは声を絞り出した。

実美はテーブルに両手をついて、いらいらと高い声を出す。

「じゃなくて！　あたしは、篠井さんが好きなんです！」

見開いた目から、ぽろぽろと涙が落ちる。

マコトは目も口もぽかりと開き、目の前で泣きだした実美を見つめた。この人が今でも変わらずに自分を思ってくれていることが、死ぬほど嬉しかった。マコトは「ああ」とか「あの」とか口の中でうつろに声を発し、それからわれに返って実美を正面から見つめた。

「実はぼく、医療事務の資格試験を受けました。結果はまだですけど、絶対に合格するはずです。だから、医者にはなれないですけど、朝倉病院で働くことができます。今はひきこもりですけど、前はちゃんと警察官だったんです。だから、頑張れます。頑張ります」

「ああ」

実美の小さな手が、マコトの武骨な男っぽい手を包んだ。実美の手は小さくてやわらかくて温かい。

「あたし、父を説得します。あたしは、間宮さんじゃなく、篠井さんと結婚したいっていいます」

「じゃあ——じゃあ、ぼくも」

マコトは目の前のコーヒーをがぶりと飲んで意を決した。

「お見合い相手の人と、話したいです。その間宮って人と」

実美は手帳を開くと、間宮の連絡先を書き、破ってマコトに渡した。間宮の情報をスマホに登録していないことで――実美があの可愛いスマホに登録していなかったことで、マコトは力をもらえたような気がした。

「実は、あたし、調べたんですけど――」

少しの間を置いて、実美は話しだした。それまでの無垢《むく》そのものだった実美の表情に、微妙に老獪《ろうかい》な色が混じった。

＊

間宮とは、県立病院の食堂で会った。

二人の前にはコーヒーが置かれていたが、どちらも手を付けないまま冷めている。

間宮は軽薄な感じのする男だった。

そう思ってしまうのは、恋敵に対する意地悪な気持ちからか。

ともあれ、見も知らぬ人間から――いや、未来の花嫁と親しい男から、突然に「会ってほしい」といわれて、時間をとってくれたのだから、たぶんお人好しなのだろう。へらへらして見えるのは、軽薄なのではなく、明るくて親しみやすい人柄だというべきなのかもしれない。美男子ではない点でも、マコトはみみっちい安堵《あんど》を覚えた。ブ

「そうですか……」

男ではないが、まるで特徴も精彩もない顔立ちで、よく笑う。そして、医者とは思えないくらい腰が低かった。

「すいません、こんなところに呼び出して。落ち着かないけど、いいですか？」

「いや、ぼくの方はどうせ暇なんで」

こちらの正体は（実美の恋人だと）最初から明かしていたが、間宮の態度はしごく感じ良かった。

「そうですかー。実美さんの、彼氏さんですかー」

仕事は何かと訊かれたら、その場で玉砕だと思ったが、間宮はそんなことは口に出さなかった。

「居ますよね、彼氏くらい。だって実美さん、可愛いもん」

「そうです……ね」

「実はね──」

間宮は白衣の胸ポケットに入れたセブンスターの箱を、人差し指でいじった。院内は禁煙だけど、お守りみたいな感覚で持っているのだという。何のお守りかというと、どうしても喫煙したくなったときは、喫煙室に行けば吸えるのだという気休めだ。身に着けていると、不思議とさほど吸いたくはならないのだそうだ。

「おれの彼女が、同じ煙草《タバコ》を吸っているんです」

間宮がそんなことをいいだしたので、マコトは驚いた。間宮はマコトの顔色の変化を楽しむみたいに、ゆったりとほほえんで視線を宙に浮かせる。

「ただね、だからといって——つまり、彼女が居ることと見合いや結婚は別なわけですよ」

「なぜですか」

二人の女性を天秤《てんびん》にかけるのか。そう思ったら、頭に血がのぼった。

「そんな顔しないで。恋愛と結婚は別物って、思ったことない？」

「思いませんね、全然」

全然のところを強調して、ちょっと喧嘩腰になる。間宮は相変わらずへらへらしている。

「彼女にとって、おれは今だけの恋人なんだと思うんだ。あの人、今までもちょくちょく相手を変えてきたもんね。おれは単なる遊び相手とかセフレとか——いや、そこまで自虐的になるつもりはないけど、彼女がおれと結婚する気がないってことは、なんとなくわかるんだ」

「だけど——好きなんですよね？」

「好きだよ」

間宮はついに胸ポケットから煙草を取り出し、前のテーブルの丼《どんぶり》を下げに来た中年のウェイトレスから「先生、食堂は禁煙ですよ」と叱《しか》られた。

「すみません」

慌てて煙草をポケットにもどすと、自分の組んだ両手を見て、それから視線をマコトの顔にもどした。

「おれは彼女のことが一番好きだ」

「実美さんより好きだってことですか？」

「まあ、そういうこと」

「つまり、実美さんとは打算で――」

マコトの顔に怒気がよぎると、間宮は得意の軽い笑顔で「まあ、まあ」といった。

「実美さんにとっても、一番はきみなわけだよね。お互い、キツイよなあ」

「………」

「おれの彼女にも、おれじゃない一番の人が居るわけですよ。そのことが、彼女自身が克服しなきゃいけない問題でもあるんだけど」

ふと黙った間宮の前に、マコトは実美から教えられた切り札を出した。

「間宮さんの彼女って、あの成田李衣菜ですよね」

「………」

間宮の顔から、初めて余裕が消えた。

呆気《あっけ》に取られた表情でこちらを見つめ、それからすぐにまた最初と同じ笑顔になる。

「熱が下がりましたから、もう大丈夫ですよ」などという、医師特有の上から目線の笑顔だ。

成田李衣菜は鳴り物入りでデビューした新人女優だった。演技はそこそこだが、作り物のように整った顔立ちで、圧倒的な人気があった。

五年前。マコトが交番勤務で張り切っていたころ、李衣菜は突然にテレビから消えた。消える前に、まるで悪いお祭りのように、ワイドショーと週刊誌とスポーツ新聞が、李衣菜の一挙一動を報道した。それは、優しい報道ではなかった。大物俳優の橘龍太郎との不倫が、その話題の中心だった。

やがて、成田李衣菜は芸能界からも世間からも消えた。

成田李衣菜は本名の成田和子にもどり、故郷の青森でタクシードライバーをしている。そして、医師の間宮と付き合っている。間宮が「彼女の一番の人」というのは、橘龍太郎のことだろう。世間から総スカンをくらった不倫の恋愛に、いまだに成田和子が未練を持っているのだとしたら、確かにそれは彼女が解決しなくてはならない問題だ。

「なんで、知ってんの？」

「すみません。調べました」

「ていうか、実美さんが調べたんでしょ。おれのアラ探しに」

「なんで、知ってんですか？」

「ひきこもりでニートのきみに、そんなバイタリティがあるとは思えない」

「…………」

間宮の遠慮のない言葉に、マコトはただもう単純に傷ついた。そんなマコトを、間宮はじっと見つめている。たとえば、細胞変性効果を光学顕微鏡で観察するみたいに、しごく冷静に見つめている。

「おれ、実美さんと結婚したいと思っている」

「…………」

断言されて、マコトはもはや返す言葉が見つからない。そんなマコトを見る間宮の目に、優しさがもどった。

「だけど、むこうから断られたんじゃ、しょうがないかな」

間宮は煙草に火を点《つ》ける。

ウェイトレスが非難の声を上げて飛んで来た。

6

ＬＩＮＥがメッセージの着信を告げた。

――父がどうしても、許してくれないんです。篠井さんが医療事務の試験を受けたといっても、聞く耳を持ってくれません。もう、こんな家、出て行くしかありません。

――実美さん、落ち着いて。

歩きながら、急いで返信を送った。

――明日、親戚《しんせき》の法事で両親が出かけるんです。篠井さん、明日、二人で逃げましょう。

――落ち着いて、実美さん。

病院のコンコースを抜けて、バス通りに出た。調剤薬局が並ぶ通りを道なりに進み、バス停で止まって後ろを振り返る。

――これから会おう。

少なくとも、間宮は含みを持たせた答えをくれたのだ。実美がいやだというのなら、無理に結婚する気はない。遠回しに、そういってくれたのである。そのことを伝えるために、マコトは猛烈な速さで液晶の上のキーボードをフリックした。

――あたし、婚約指輪を捨てました。成田李衣菜さんが勤めているおたふくタクシーの、座席の上に置いて来たんです。

――成田李衣菜の運転するクルマに乗ったの？

思わず訊いた。何を隠そう――成田李衣菜のことは、マコトも好きだった。夜空を見上げて名前のわからない星を美しいと思うのと同じように、マコトも彼女のことを本当に美しい人だと思っていた。まさしく、スターだったのだ。

今では、何だか面倒くさい関係になってしまったが、彼女の運転するタクシーなら乗ってみたいと思った。無職のマコトには、タクシーとは贅沢《ぜいたく》極まる乗り物ではあるが。

――ちがいますよ。おじさんの運転手さんでしたよ。

怒りのスタンプが貼られてくる。

――明日の十時に、駅の改札の前で待ち合わせしましょう。

それはかけおちということか。

　実美の固い決意を、揺るがすことはできなかった。マコト自身、家とか病院とかひきこもりとか近所の目とかの一切合切を捨てて、どこかで生き直したいと思っていた。

　バスが来る。

　ガタガタとドアが開き、ステップに足を掛けたとき、不意に目まいがした。視界が赤くなる。だれかが倒れている。そして、だれかが逃げて行く。その幻覚を見た。

　血まみれで倒れているのは、その後、警察署で何度も写真を目にした強盗殺人の被害者の老女だった。逃げて行くのは、老女の返り血を浴びた犯人だった。

　あと少し。

　あと少しで顔が見える、という瞬間に幻覚は消え、後ろに居た病院帰りらしい紳士に迷惑半分心配半分の声を掛けられる。

「大丈夫ですか」

「あ、すみません」

　今のは何だったんだ。

　一番後ろのシートにうずくまって、マコトは頬を伝う冷や汗を手の甲でぬぐった。

　今のは、消えてしまったはずの強盗殺人の記憶だった。一番最初に事件現場に到着したマコトは、犯人の顔を見ていたのである。――それは、事件以来、だれも知らない事実だった。

＊

院長夫妻が親戚の法事に出かけ、朝倉病院は今日一日、勤務医と看護師たちが留守番をしている。夫妻は夕方には帰るから、逃げるならば今日をおいて、ほかにないと実美にいわれた。

待ち合わせの青森駅は構内が広くないので、改札前に居ようが、正面口のところに居ようが、すれちがいようがない。実美は巨大なスーツケースを引っ張っていた。マコトはバックパック一つの身軽さなので、わけもなく罪悪感がわく。

「おうちの方には、見つかりませんでしたか？」

「ぼくのことなんか、両親はあまり心配していないですから」

「そんなことないですよ」

実美はリビングのマントルピースの上に、書置きを残して来たという。前に見たイギリスのドラマで、家出する娘がやはり同じ場所に両親への手紙を置いて出た。そう告げる実美の目には、陶酔が読み取れた。恋の逃避行というものに、少なからず酔っている様子が見てとれた。

この日本に、しかもこんな田舎街に、マントルピースなどというシャレたものを造る家があることに、マコトは素直に感心している。

「これからどこに行くんですか？」

「仙台《せんだい》に、父が所有しているマンションがありますから、ひとまずそこに」

大学病院勤務時代に住んでいたマンションを、いまだに手放さずに居るという。

「おとうさんのおひざ元だったら、すぐに見つかったりしませんか？」

「灯台下暗しですよ」

そういって、実美はにこにこする。

「篠井さんに、あたしの育った家を見ていただきたいんです」

そういわれたら、もう文句なんかいえなかった。

券売機で新幹線のチケットを買う。

「お弁当は新青森駅で買いましょうね、ちょっと待っていてください、お手洗いに行ってきます」

そういって、実美は正面口から出て左の方向に駆けて行った。

数分後にもどって来た実美は、今度は狼狽《ろうばい》で顔を引きつらせていた。

「ないんです」

「何がですか？」

「スマホです」

家に忘れて来たのかもしれない。そういいながら、実美は巨大なスーツケースを横に置いて蓋《ふた》を開き、血相を変えて探し始めた。田舎の駅なので、それほどの大荷物を抱えた人は珍しく、うら若い女性が荷物を取っちらかして探し物をする姿も目立って仕方ない。かたわらに立つマコトは、きまりの悪い思いをした。

「ありません」

絶望的な顔色で、混沌と化したスーツケースを無理やり閉めながら、実美がいった。

「時間、まだ間に合いますよ。いったん、取りに帰りましょう」

「でも……」

「ご両親は留守なんでしょう？　大丈夫ですよ。それに、あのスマホはぼくたちの結びの神さまみたいなものじゃないですか」

「………」

大きくはないが、うるんだ目がマコトを見つめて、人形のように可愛らしくうなずいた。

タクシー乗り場は駅の北側にある。客待ちしていたクルマのトランクに実美の大荷物を積み込みながら、これはコインロッカーにあずければ良かったと思った。

リアシートに乗り込み、行き先を告げようとして顔を上げると、実美がなぜかカチンコチンに固まっていた。不思議に思い、車内に掲示されたドライバーの顔写真とネームプレートを見たとたん、マコトもまたフリーズした。

タクシー会社の制服に身を包んだ、かざりけのない短髪美人のモノクロ写真のわきに、成田和子と名前が記してある。——恋敵の間宮が「一番好き」だと明言した、彼女本人である。

「どちらまで？」

行き先をいわない二人に、和子は少し苛立《いらだ》ったように声を投げてきた。

あわてた二人は異口同音に住所を告げると、ドライバーの和子はカーナビをいじって「ああ、朝倉病院ですね」と軽い口調で確認した。

新町通りを抜けるのは、いつものことでなかなか時間がかかり、信号は悪い魔女の呪《のろ》いでも掛けられたかのように、全て赤信号となって二人の足を止めた。

それでも十五分ほどで朝倉家の住宅に着いたのだが、二人は苛立っていたせいで、ずいぶんと怖い顔をしていたと思う。運転席の和子は、よもやこちらが恋人の見合い相手と気付くわけもなかろうが、無言でハンドルを握っている。横顔がやはりきれいだった。

「着きました。門の前まで行きますか？」

「いえ、ここでいいです」

運賃は実美が支払ったので、マコトは少し情けない気持ちになる。これから先、二人で暮らすのだから、自分から財布を出せるような男にならねばと思った。

先に降りたマコトはトランクから実美の巨大なスーツケースを、苦心して取り出した。

「じゃあ、すぐに取ってきます」

そういって実美が家の通用口に向かおうとしたとき、白衣を着た中年の女性がこちらに鋭い目つきを向けながら朝倉病院の方に歩いて行く。

「まずい。師長さんです。すぐ、スマホを取ってきます」

実美はいよいよ急いで家の中に消え、さほど間を置かずにもどって来たのだが、なんとも複雑な顔をしている。

「書置きが、消えているんです」

リビングのマントルピースの上に、海外ドラマを真似《まね》て立てかけてきた短い手紙が、見当たらないのだという。

「ご両親が、もどって来て書置きを読んだということ？」

「そんなこと、あり得ません。両親は弘前の親戚の家に居るはずです。あたしは、二人が出かけてから、手紙を置いたんですから」

「ともかく、急ごう――」

タクシーを呼んだが、到着まで三十分もかかるといわれた。そんな長い間、自宅の前でタクシー待ちをするかけおちというのも、変だろうということになり、大きなスーツケースを転がして国道へと向かって歩きだした。住宅地まで来ると国道が唯一の目抜き通りになり、バスに乗るのも、タクシーをつかまえるのも、遠方へ移動するのも、ともかく国道まで出なければ始まらない。

「向こうに着いたら、最初に何が食べたいですか?」

実美が訊いてくる。

仙台に行くのなら、笹かまぼこに、牛タンに、ずんだ餅《もち》に――。頭に浮かぶ名物を一つ一つ口に出していると、じんわりとした幸せが込み上げてきた。この可愛い人と二人で暮らして、やがて二人は父と母になり、子どものために洋服を買ったり、旅行をしたり。そのためには働かなければならないが、ちょうどよく医療事務の資格を取ったから(合格発表はまだだけど)どこかのクリニックに勤めるのもいい。穏やかな職場だ。強盗殺人事件に出くわして、心に傷を負って記憶を失くすこともない。

そう思ったとき、昨日と同じあの暴力的な幻覚の発作に襲われた。

昨日よりはっきりとしていて、マコトは第三者の目になって警察官の制服を着た自分の姿を見下ろしている。すぐそばには、血だらけになった老婦人が倒れていた。顔にはすでに表情はなく、まるでクルマに轢《ひ》かれてボロボロになった猫の死骸《しがい》みたいに、ひしゃげて伸び切っていた。

マコトは——幻覚の中のマコトは視線を上げる。幻覚を見ているマコトも視線を上げる。

そこに犯人が居た。その顔が——。

「見えない——」

「どうしたんですか？　篠井さん、真っ青ですよ」

ちょうどそこに児童公園があったので、実美はスーツケースをひとまずうっちゃって、マコトの腕を支えてベンチに座らせた。

「すみません——すみません」

マコトはおろおろと謝った。

今の幻覚は、ただの虚像ではない。

実際に目撃して、そのインパクトに耐えられず忘れていた記憶が、もどりつつあるのだ。

ひきこもりから抜け出し、実美という大切な人を得て、マコトは正常な人間にもどるための試練の縁《ふち》に立たされているのだと思った。

だとしたら、あの顔を――。

犯人の顔を思い出さなければ、この発作はいつまでも繰り返すだろう。これから新しい生活を始めようというマコトにとって、それは絶対に避けたいことだった。

あの顔を――。

視線を上げて、口の中のいやな苦さに顔をしかめたときである。

その顔が見えた。

児童公園の裏にある古ぼけた一軒家の、一メートルほどの高さにある窓が割られ、クレセント錠が外れて開いていた。

その顔の人物は、右手にナイフを握って窓から侵入する。

「あ！」

ヒキくんだった。

そして、彼が違法な方法で侵入した先は、悪口屋のマサヱさんの家だった。

――その点、おれたちが追っている犯人は平日の真っ昼間に事件を起こした。犯人は、真面目なガキとか真面目な勤め人じゃあないな。だったら、たとえば、おまえみたいな自由人かな。

前に白井がいっていたのを思い出した。ドンピシャである。ヒキくんは、平日の昼間も暇な自由人だ。

コスプレの撮影を見に来ないかと誘われていたのに、結局行かなかった。こんなときだというのに、関係のないことを思い出した。それがなぜか、取り返しのつかない失敗のように思えた。

「――！」

マサヱさんのものと思しき、しわがれた女性の悲鳴が上がってわれに返る。

実美は身をこわばらせ視線をめぐらせる。

マコトはその両腕を握ると、子どもを諭《さと》すように、ゆっくりと優しくいった。

「実美さんは、ここに居て。ぼくはすぐにもどります」

「え――いやよ――マコトさん――？」

初めて、マコトさんと呼んでくれた。

そのことが、じわりと嬉しい。

たじろぐばかりの実美をその場に置いて、マコトはマサヱさん宅の破れた窓へと突進した。割れたガラスで手を切らないようにして、屋内に飛び込む。

「マサヱさん――！」

と、名を呼んだのは上策だったのか、それとも下手を打ったのか。

マサヱさんは現れた。背後にはヒキくんが居て、首筋に包丁を突き付けられていた。

ヒキくんのもう一方の手は、乱暴につかんだ一万円札の束をポケットにねじこんでいる。

それを見た瞬間、マコトは全てを思い出した。

去年の八月、通報を受けて駆けつけた一人暮らしの高齢者の家で、ヒキくんはやはり同じことをしていた。否――あのときは、被害者は死んでいた。あまりにも多くの血を流して、まるでその血におぼれるみたいにして、被害者はもう息をしていなかった。

そしてヒキくんは、悪魔みたいな顔でマコトを見た。

マコトは耐えきれずに気絶し、その記憶そのものが脳のどこか深くに沈み込んでしまっていたのだ。

「去年の強盗も、きみだったんだね」

マコトはようやくそれだけいった。

ヒキくんは、笑った。いや、顔を歪《ゆが》めたのだ。

「どうして、こんなことをするんだよ！」

ともだちだと思っていたのに。その言葉は口を出なかったけど、伝わったはずだ。

それで、ヒキくんが、すごくいやそうな顔をしたから。

「ジョーラ・オニキスの新しいコスチューム作るのに、お金が要るんだ。去年盗《と》った分は、使っちゃったからさ」

「ば……」

馬鹿じゃないのか？

「ひとを馬鹿とか、えらそうにいえる立場かよ！　おれを見てぶっ倒れた、臆病《おくびょう》なおまわりが！　記憶喪失だって？　それって、めっちゃ笑えるんですけど！」

ヒキくんはマサヱさんの体を放《ほう》り出すと、マコトに体当たりしてきた。

咄嗟《とっさ》にかわさなければ、まともに腹を刺されていたはずだ。刃物はマコトの右腕をかすめ、ヒキくんは入って来た窓から、外に出る。

やばい。

外には、実美が待っているのだ。

慌てて後を追おうとする足に、マサヱさんが泣き声を上げながらしがみついてきた。

「怖かったのよお、怖かった、怖かったのよお――」

「落ち着いて、もう大丈夫です。大丈夫ですから。ぼく、ちゃんと働きますから！　ひきこもりやめますから！」

マコトはわけのわからないことをわめいて、ようようのことマサヱさんを引きはがしてヒキくんを追う。窓から児童公園へと飛び出したとき、ヒキくんは実美をつかまえて、マサヱさんにしたように包丁を突き付けていた。

「来るな――来るな――来るな――」

ヒキくんは恐慌をきたして叫んでいる。マサヱさんから盗んだ一万円札が、紙吹雪みたいにして風に舞った。

「実美――実美――」

「実美ちゃん――実美ちゃん――」

礼服を着た人品卑しからぬ中年夫婦が、互いにしがみつくようにして実美の名を呼んでいた。なぜか、実美の両親がそこに居るのだ。野次馬も集まって来ていた。

「来るな――金を拾って持って来い――」

ヒキくんの要求は、自己矛盾の様相を呈している。

マコトは足元に落ちている一万円札を拾い、それに隠すようにして小石を拾った。

実美だけが、その所作を見ていた。

マコトは実美の目を見る。

実美さん、いいね。

マコトさん、合図は二人で。
一、二、三、はい！
「えい！」

実美がヒキくんの足の甲を踏みつけ、ヒキくんは痛みに堪《たま》らずのけぞった。

その悲鳴を上げた顔面に、マコトは小石を投げる。

直球だった。子どものころ、遊びの野球ではピッチャーなんてやったことはなかったけれど、そのときのマコトは素晴らしいフォームでストライクを決めた。腕を振ったはずみで、ヒキくんに切られた傷から鮮血がほとばしった。それはマコトの頬に赤い線を描く。

マコトは倒れたヒキくんめがけて走り、四肢を押さえ込んで、高らかに呼ばわった。

「どなたか、警察を呼んでください！」

＊

ヒキくんは警察に連行され、マコトは朝倉病院で傷の手当を受けた。

処置は、外科を担当する院長——実美の父親がしてくれた。五針も縫った。怪我《けが》を縫われるなど、初めての体験だった。まだ血が騒いでいるため、少しも痛くない。

「麻酔が切れたら、痛くなるよ。痛み止めと化膿《かのう》止めを出しておくから。朝と晩に使いなさい」

「はい——ありがとうございます」

朝倉夫妻は、これも親子の遺伝というものか、父・院長がスマホを自宅に忘れてしまい、急遽《きゅうきょ》もどって来ていたのだった。そのときに実美が置いて行った手紙を読み、冒険家とは縁遠い彼女の発想として、向かう先は仙台のマンションだと当たりを付けた。

追いかけて駅に向かったとき、マコトと実美たちはすれちがいでこちらに戻っていた。

駅に到着した夫妻は、駅員をつかまえて実美の人相風体を告げて、行方を尋ねた。実美と思しき妙齢の女性が「スマホを忘れた」といってタクシー乗り場に向かったことを、夫妻は駅員から聞き出した。

「あんなことになっているとは、驚いたよ」

「大切なお嬢さんを危ない目に遭わせて、本当にすみませんでした」

「いや。きみと娘が連携して犯人を捕まえたのを、ちゃんと見ていたよ。絶妙なチームワークだった」

「…………」

マコトはつい嬉しそうに、目を伏せる。

「医療事務の資格を取ったそうだね」

「はい——実は、合格発表はまだですけど」

「将来は、事務長として病院を支えてもらうのもいいね」

院長はそういうと、診察室にもどって行った。

処置室の白いカーテンの中に取り残されたマコトは、今告げられた院長の言葉を胸の中で復唱している。

将来は——。

事務長として——。

病院を支えてもらうのもいいね——。

これは、ひょっとして……。

とくん、とくんと、鼓動のリズムを感じた。

抑えようとしても込み上げる嬉しさが、そのまま院長のいい残した言葉になって胸を巡った。医療事務の資格を取ったなら、実美と結婚してこの病院で働いてくれ。

——そういうことなのか？　そういうことなのだ。

「きみの勝ちだね。おめでとうございます」

そういってカーテンの間から顔を出したのは、あの見合い相手の間宮だった。相変わらず、へらへら笑っている。その笑顔が、心なしか初対面のときよりすっきりとしているように見えた。

「間宮さん、どうしたんですか？」

「うん。院長にお見合いの返事をいいに来たら、外で大捕り物があったみたいで、ちょっと出て行きづらくてさ。つい、今、院長に会えたところ」

「返事——なんていったんですか？」

「だからいったろう。きみに、おめでとうってさ」

間宮は、すねた顔をして見せる。

「おれは、実美さんに振られました。親父《おやじ》さんの採点でも、きみに負けました。このまま引き下がるよ。おれのことを二番目に好きな彼女のところにも、もうもどれないなあ」

「どうして自分が二番目だって決めつけるんですか」

マコトは真面目な顔で、間宮をまっすぐに見た。

「李衣菜さんは、あの俳優の不倫相手であって、結局は選んでもらえなかったんじゃないですか。そんな相手のことを、いつまでも一番だって思い続けるわけがないですよ」

恋愛は相手があって、自分がある。自分があるということを、忘れてはいけない。自分を大切にできない恋愛など、続くわけがない。現に、成田李衣菜と橘龍太郎の不倫関係は、すぐに終わった。

「ちゃんと、話し合ったんですか？　和子さんと」

ついさっき、和子の運転するタクシーに乗ったのは、単なる偶然だとは思えなかった。あれは、和子のことを、実在の人間として実感するための、ささやかながらも大事な運命だったのだ。

「和子さんの一番にしてくれって、ちゃんとお願いしたことありますか？」

「いや――ないけど」

「気を悪くしないで聞いてくださいね」

マコトは包帯を巻いた腕を撫でる。触れるとぼんやりとした痛みが広がった。名誉の負傷だ。そう思うと、痛みさえ心地よい気がする。

「間宮さんは、ちょっと軽い感じがする。それって、きっと、間宮さんの鎧《よろい》なんですよ。相手に傷つけられたりしたとき、自分は真剣なんかじゃなかったよって、かわすための防衛本能っていうのかな」

「………」

「そんなの、要らないです。本当に好きなら、一度くらい真面目になりましょうよ。記憶喪失になるくらいショックを受けたって、それでもまた生き直せます。ぼく、そういうの体験しちゃいましたから」

マコトは怪我をしていない方の手を差し出した。

「和子さんと、ちゃんと話し合ってください」

「………」

間宮は自分のてのひらをジャケットでぬぐって、マコトと握手をした。

「オッケー」

やはり軽薄な口調でそういうと、子どもみたいな勢いで、ばたばたと駆けだして行った。

Haruki Bunko
ハルキ文庫

ほ 6-1

ひとの恋路《こいじ》をジャマするヤツは
和子《かずこ》と薫《かおる》のあたふた日記《にっき》

著者
堀川《ほりかわ》アサコ

2019年10月18日第一刷発行

発行者
角川春樹

発行所
株式会社角川春樹事務所
〒102-0074 東京都千代田区九段南2-1-30 イタリア文化会館

電話
03(3263)5247(編集)
03(3263)5881(営業)

印刷・製本
中央精版印刷株式会社

フォーマット・デザイン 芦澤泰偉
表紙イラストレーション 門坂 流

ISBN978-4-7584-4297-8 C0193 ©2019 Asako Horikawa Printed in Japan
http://www.kadokawaharuki.co.jp/[営業]
fanmail@kadokawaharuki.co.jp[編集]　ご意見・ご感想をお寄せください。